好好爱，没有谁比你更重要

崔修建 著

远方出版社

图书在版编目（CIP）数据

好好爱，没有谁比你更重要 / 崔修建著 . — 呼和浩特：远方出版社，2020.5
（心灵瑜伽系列）
ISBN 978-7-5555-1351-3

Ⅰ . ①好… Ⅱ . ①崔… Ⅲ . ①散文集—中国—当代
Ⅳ . ① I267

中国版本图书馆 CIP 数据核字（2020）第 046736 号

好好爱，没有谁比你更重要

HAOHAO AI , MEIYOU SHEI BI NI GENG ZHONGYAO

著　　者　崔修建
责任编辑　王　叶
责任校对　王　叶
封面设计　鸿儒文轩
出版发行　远方出版社
社　　址　呼和浩特市乌兰察布东路 666 号　邮编 010010
电　　话　（0471）2236473 总编室　2236460 发行部
经　　销　新华书店
印　　刷　三河市华东印刷有限公司
开　　本　145mm × 210mm　1/32
字　　数　186 千
印　　张　9
版　　次　2020 年 5 月第 1 版
印　　次　2020 年 5 月第 1 次印刷
标准书号　ISBN　978-7-5555-1351-3
定　　价　45.00 元

目录

第三辑 亲爱的寂寞，你好

第四辑 谁都配得上那些美好，只要愿意

第五辑　不管道路多么泥泞，跋涉就是最好的选择

第六辑　不能花开，就请叶绿

第七辑　万水千山走遍，谁还是你念念不忘的美

第八辑　不负流年，不失美好

第一辑

爱在，今生便有无数的良辰美景

不管岁月如何荏苒，无论世事如何艰难，只要我们的心底始终有爱的花朵在绽放，此生的每一寸光阴，便都会因为爱意的浸润，变得有情有义，变得色彩斑斓。

彼年豆蔻，谁与你相约地久天长

1

十一岁那年，仅仅参加了半年的声乐培训，她便在台湾金马唱片公司举办的一次流行歌曲大赛上，凭一曲《采红菱》摘得冠军。十三岁，就读于著名的金陵女中的她，已被台湾报界赞为“天才女歌星”。

然而，彼时的她，正饱尝底层生活痛苦的挤压。每天紧张的学习之余，她都要在父母的陪同下，去夜总会唱歌。独自站在霓虹灯闪烁的舞台上，即便只有稀稀落落的掌声，她也要投入十二分认真地演唱，一曲又一曲，仿佛一只不知疲倦的百灵。很少有人知道，那会儿，她多想回家读读书，玩一会儿啊。常常很晚很晚了，她才能踏着星光回家，走着走着，她便疲惫得直打瞌睡。

那么苦，那么累，她仍咬牙坚持着。苦累之中也有丝丝的甜，因为她那样玩命地唱歌，可以赚钱补贴家用，三个哥哥不再担心辍学了，弟弟也不用担忧将来读书的学费了。

只是，酷爱读书的她，在十三岁那年却必须直面人生重大抉择——如果她不能放弃在夜总会唱歌，她就必须选择退学。“何去何从，由你自决！”严厉的校长给出这个必须作答的难题，她几经踌躇，最后只得满含泪水地离开了心爱的校园，因为她要用弱小的肩头，替父母分担一份生活的艰辛。

十三岁的她，一袭素装，强颜欢笑，在弥漫着酒气、浮华、迷乱的夜总会里，她浸着忧伤的歌声，很多时候只像一种背景音乐，淡淡地，幽幽地，漫无边际地飘散着，似乎没人在意她心底有着怎样的苦与痛。

2

她不曾留意，在夜总会的一角，一位英俊的青年是她的“铁杆粉丝”，每天都会静静地坐在那里，满怀怜爱地望着她。他听出了她歌声里的情与爱，听出了她幽闭的心中无限的感伤，就像他手上那杯苦咖啡，他品出了特别的味道。

一天又一天，他端坐于舞台下的一角，默默品味她和她的歌，像一位羞涩的纯情少年。

圣诞节前一天，他微笑着站到她面前，真诚地约请她：

“我们卢州小学的校友们想邀请你参加一个聚会，不知你是否愿意？”

望着陌生的他那双有神的黑眼睛，她呆了半晌，惊讶地问他是谁。

他恭敬地递给她一张名片，告诉她，他们是校友。

她爽快地接受了他的约请。在那个节日气息浓郁的大酒店里，她见到了二十多位和他一样年轻的卢州小学的校友，他们热情地簇拥在她周围，热情地邀请她唱歌、跳舞，和她举杯相碰，和她一起开心地做着游戏，她一下子便回到了快乐的童年时光。

那天，她开心地和校友们唱了三遍《外婆的澎湖湾》。

在轻快明亮的歌声里，她感觉到了一度走失的温馨，那缕缕的甜，让她一整天都陶醉在幸福之中。

走在繁华无尽的大街上，头顶是灿烂的星光，微风轻拂，她向并肩而行的他感激地说道：“谢谢你，朱哥。”

他只是腼腆地冲她笑笑，什么也没有说。

从那以后，已是商界成功人士的他，就成了她最信赖的朋友。他的一句鼓励，会让她立刻振作起来，他的一个手势，她也能明白里面丰富的含义。

因为结识了他，她繁重的演唱生活，陡然阳光明媚了许多。

十六岁那年，在他的帮助下，她录制了第一张唱片，一经推出，便深受听众喜爱，很快又接连推出几张卖座的唱片，特别是《一见你就笑》，更是风靡一时。而他，还从这首歌里声音，一如那歌词：“究竟为了什么？我一见你就笑，因为我已爱上你，出乎你的意料。”

十七岁那年，在他的关照下，她接拍了第一部电影《谢谢总经理》，在台湾得到热播。

在那个仲夏夜，在双方家长的见证下，他将一枚镶嵌着一方碧绿宝石的纯金戒指，亲自为她戴在左手上。

随即，他热情地鼓励她将目光放得更远一些，去香港开拓自己的演唱市场。

起初，她颇有些忐忑，不敢向陌生的他乡迈出第一步，但他的坚定和认真给了她莫大的勇气和力量，她只身来到了香港。

没想到，一下飞机，她便被众多热情歌迷的鲜花和掌声包围了，她内心里更敬佩、感激他的慧眼卓见。

在香港，她尽情地施展自己的天赋和勤奋，短短一年间，她便连连赢得“金骆驼歌星大赛冠军”“十大最受欢迎的歌星”“十大最受欢迎的影星”等大奖。随即，她又频频地往来于吉隆坡、曼谷、新加坡等地，参加各类演出……

在她的演唱事业红红火火的日子里，她与他的爱情也在甜蜜地发展着，两颗心越贴越近。

1972 年 7 月 2 日，一份从台北发来的电报飞到香港富都酒店。得知他第二天即将抵达，她欣喜若狂，这次相聚，她和他要商定步入婚姻殿堂的具体日期。那一夜，她失眠了，曾经花前月下卿卿我我的那些镜头，一一清晰地浮现在眼前。

第二天早上，她梳洗打扮好，穿上他为她买的纯白色连衣裙，按照他在电报的叮嘱，待在酒店里等他。她又兴奋又有一点儿焦虑地在房间里踱来踱去，不时地探身望向窗外，恨不得立刻见到朝思暮想的他，投进他温暖的怀抱。

然而，她没能等到她熟悉的那张笑靥，等来的却是惊天的噩耗——他乘坐的华航 BC006 号飞机因发动机运转失灵而坠海，机上一百零八人全部遇难……

满怀幸福期待的她，猛然坠入痛苦的深渊，她将自己囚禁在酒店里，整整十天，沉湎于无法挥去的悲苦之中，泪流干了，却流不尽深深的悔与恨、伤与痛。与他相爱的那段日子里，她那么矜持，那么固执，竟没让他尽情地吻一回自己，没给他更多的温柔，而他慷慨地为她付出了那么多，他那样心甘情愿地爱她、宠她、帮助她、引导她，像一位温和的大哥哥，又像一位仁厚的师长。

他匆匆地走了，却无法走出她的心海。在他离开后的一段日子里，一想到他的音容笑貌，她便潸然泪下。每次演出，她都会满含深情地唱起那首《我怎能离开你》:“我怎能离开你？我怎能将你弃？你长在我的心底，信我莫疑。愿两情长相守，在一处永绸缪。除了你还有谁，和我为偶？”

晶莹的泪光，在她的心底婆娑着。

3

她以为，今生自己再也不会爱了，因为懂她的那个他已去了遥远的天堂。

然而，又一个他爱意盈盈地朝她走来了。无论是在东京，还是在吉隆坡，抑或是新加坡，沿着她的芳踪，他一路默默地追将过来。只要有她的演出，他都会坐在第一排显眼的位置上，为她献上由衷的掌声。每次演出结束，她都会收到由服务员递上来的没有署名的新加坡国花——万代兰。

那是一个明媚的四月天，已走出悲伤旋涡的她，站在硕大的舞台上，把一首首甜歌声情并茂地演唱给观众们，热烈的掌声潮水般地涌来。

转过头来，她再次看到前排的他，他手里，正捧着一束鲜艳欲滴的万代兰。

她冲着他微笑，他报以赞许的微笑，为她鼓掌，轻轻地，深情满怀地。

那个晚上，母亲告诉她，那个温文尔雅的他，是吉隆坡大东亚造纸有限公司年轻的董事长。其实，他已经默默地关注她好久了，虽然未曾表白什么。

说着，母亲递给她一张请柬，目光里透着期待："孩子，你应该赶赴一场春天的约会了。"

抚摸着散发着淡淡花香的请柬，一颗柔柔的心被一种无言的爱打动了。

她原以为今后的日子里，她只能一个人抱着爱情，与天国里的那个他地老天荒了。

第二天，在吉隆坡帝国大厦，她与他第一次握手，她的心颤动着，仿佛彼此相识了许久。

他的父母也来了。酒桌上，两位老人兴奋地告诉她，他们都特别喜欢她的歌，她所发行的每一张唱片，他们都买下了。

他的母亲欢喜地夸赞她，说她歌唱得美，人也长得漂亮。

置身于亲人中间的幸福，簇拥着她。一杯红酒，让她的双颊一片绯红。

他有些腼腆地告诉她："你的歌里有一种特别的温暖，能给疲惫的心灵以温柔的抚慰，从你的歌里，我感受到了振奋人心的力量。"

她羞涩地望着他，爱的涟漪开始在心湖荡漾。

此后，他有意为她安排了一些特别的活动，只为他能够经常见到她，她欣然同意了。

随着交往的深入，她越来越感受到他那宽厚的爱，是如此值得信赖，她感觉遇到了一个可以为自己遮风挡雨的男人。

还与往日一样，每当有她的演出，他总会坐在前排最显眼的位置，深情脉脉地注视着她，欣赏她的演唱，为她鼓掌，为她献花。似乎她的歌里，有一份只属于他的深情。

那天，他关切地问她："听说宝丽金公司邀请你加盟？"

她有些难为情地告诉他："签约之前，他们希望我能够去日本接受正规的声乐训练。"

"这是一个非常好的机会，你要珍惜啊。"他似乎比她还要兴奋。

"可是，我的家境，你知道……"她欲言又止。

"哦，我明白了，学费的问题，你不用担心，有我呢。"

他坚定地鼓励道。

“你放心，我知道自己该怎么做了……”她似水的双眸里，充盈着恋恋不舍的柔情。

“安心做你喜欢的事情，我是你最坚强的后盾。”他拥她入怀。

飞机冲上蓝天了，他仍站在那里，痴痴地仰望着。

一到日本，她便接受了极为严格的声乐训练。老师山田茂特别严厉，动辄便大声训斥学生，好几次，她都被训得泪盈眼眶。为了达到老师的要求，她苦练日语，只用半年时间，她不仅能说一口流利的日语，还能得心应手地演唱日语歌。

1974 年 7 月，她的歌碟《空港》一经推出，便风靡日本，发行量很快突破七十万张。随后的三年里，她又在日本先后赢得“第八届唱片大赏”“十大歌星奖”“银接奖”……

是他温暖的呵护，拂去了她在异国打拼的艰辛，擦去了她心中隐忍的委屈。一想到远方的他对她的殷殷期盼和深情祝福，她周身立刻涌来一股神奇的力量，她知道那力量的名字，叫爱情。

她终于可以如愿以偿地召开个人演唱会了。她兴奋地向他报告，急切地等待着早日扑到他的怀里，享受小鸟依人的幸福。

他在电话中激动地一遍遍地重复着：“太好了！太好了！”

1978 年 8 月的一个雨夜，正翘首期盼着与心上人团聚的她，忽然收到一份发自吉隆坡的电报，催她火速赶往吉隆坡，因为他突发急病……

她握着电报的手剧烈地颤抖着，一周前，两个人还亲亲密密地在电话里面谈婚论嫁呢，怎么突然就病倒了？但愿没有大碍……

第二天，她便登上飞往马来西亚的第一个航班。空中小姐送饮料时，也顺便送来了《星岛日报》，她拿过报纸，漫不经心地翻看。突然，一个醒目的标题，惊雷般地将她震呆：她朝思暮想的他，竟已于昨日病逝。

她只觉得一阵天旋地转，猛地晕倒。醒来时，她嘴里不停地喃喃着："不可能，不可能，一定是假的，是假的……"

然而，最不愿意相信的，竟是刺痛心灵的真实。她哭倒在他的墓碑前，久久地不肯起来。

没错，她就是一度风靡世界歌坛、至今仍让无数听众怀恋的"一代歌后"邓丽君。前面提到的第一个他，是她刻骨铭心的初恋情人，他的名字叫朱坚。而第二个他，则是她的亲密恋人林振发。

林振发病逝后，他的父母依然将邓丽君视作林家的女儿，要馈赠给她一套海边的别墅、股票、书籍和几笔存款，但她什么也没要，只从林家带走了一本影集。那是邓丽君与林振发的爱情信物，里面都是他俩在相恋年间拍摄的幸福时刻，每幅照片下面，均留下了林振发亲笔所写的短诗。

1979年下半年，邓丽君在两张个人大碟《岛国之情歌——第四集》和《一封情书》中，倾情演唱了林振发特别喜爱的《北国之春》《晨光下的恋情》等数十首歌曲。

斯人已去，歌声犹在，无数个独自的夜晚，回想起与林振发在一起的点点滴滴，她不禁泪如雨下。

为什么每一次都是在她即将握住幸福的那一刻，幸福却猝然与她擦肩而过，永远无法追回？朱坚如是，林振发亦如是。

真的像那位诗人慨叹的那样——走得匆匆的，往往是生命中最美的时光？

4

两个上苍派来的好男人，都只是陪她走过了生命中短暂的一程，便流星般地坠落了。好长一段日子里，她都无法走出伤感的包围，把爱情歌曲演唱得那么甜美、那么缠绵的她，竟无法握住近在咫尺的两段刻骨铭心的爱情，此恨深深深几许？

后来，她与电影明星成龙，在美国也曾一度擦出爱情火花，但两个人很快便各自东西了。

再后来，她感动于一位商界英才的热烈追求，一度以为自己终于可以找到归宿了。然而，由于家庭的原因，又一段想象着很美的爱情匆匆地结束了，她只得忧伤地转身而去……

1990 年的那个细雨绵绵的黄昏，她正漫步在巴黎街头，一段熟悉的旋律，吸引了她。

唱歌的，是一位身材消瘦、修长的小伙子，他有一头蓬松、柔软的长发，一双蓝眼睛里透着热情。

“保罗，怎么会是你？”她没想到再次邂逅的，竟是她在上海认识的法国摄影师保罗·史蒂芬。

“因为我特别喜欢您的歌啊。”保罗也非常惊喜。

“我不大相信。”邓丽君有些难以置信地望着他。

“真的，我家里有你的很多张歌碟，我会唱你的好多歌呢，特别是那首《我只在乎你》。”说着，保罗便用法语为她唱起来。

“不错，真的不错。”她不禁为他鼓掌叫好。

保罗又接着用法语和英语交替着演唱了好几首邓丽君的经典名曲，他一脸的认真和全身心的投入，让她深为感动。

此后，保罗与邓丽君便一个唱一个拍摄，俩人合作得非常愉快。塞纳河畔、凯旋门、罗浮宫、巴黎圣母院、香榭丽舍大街……《爱在我心中》《情人一笑》《谁来爱我》等优美的旋律，回响在巴黎，一张张美丽的倩影，也被保罗一一摄入了镜头。

随后，两个人又泛舟在伦敦的泰晤士河上，邓丽君风情万种的演唱和身后那些迷人的背景，都被保罗一一定格到了胶卷上。

在歌声中，邓丽君心头的忧伤被拂去了，迎着保罗深情的目光，新的爱情再度启程。

1995 年春节刚过，在保罗的陪伴下，邓丽君来到泰国清迈，她要在那片青山绿水间，一边疗养，一边升华爱情。

然而没想到，5 月 8 日上午，邓丽君哮喘突然发作，脸憋得苍白，她声音微弱地请求保罗："帮我买几只杧果来，我想吃杧果。"

"你千万别动，我很快就回来。"保罗有些不舍地望着邓丽君。

保罗一边焦虑地满大街寻找杧果，一边暗暗祈祷邓丽君会像往常那样，很快就能度过哮喘的发作期。

似乎老天有意要为难他，保罗跑了好几条街，也没找到邓丽君最喜欢吃的那种杧果。

他不甘心地继续寻找，快到中午时，他终于在一个地摊上，发现了那种淡黄色、椭圆形的、散发着淡淡香味的马来西亚小杧果。

他兴奋地拿着杧果跑回酒店，推开门，他立刻惊呆了：只有四十二岁的邓丽君，因为哮喘引发心脏病，已经在席梦思床上香消玉殒了……

"为什么会这样？为什么会这样？"保罗撕扯着自己的头发，仰天长啸。

邓丽君曾说过一句话——这一生，我都抓不住自己的爱情。

一语成谶。这一次，她突然不辞而别，永远地倒在了奔往幸福爱情的路上了……

多少年以后，重温邓丽君的那些经典老歌，回望她那令人唏嘘不已的情路，许多人都不禁要慨叹——最爱，为何总是那么匆匆？短暂的爱，偏偏留下了永恒的美。就像一位诗人所言，纵然只是花开半季，但依然情暖三生。

我只有一豆荧光，却能给你一世温暖

有些浓烈的爱注定是没有理由可讲的，爱就是爱了，像云出于岫，溪流于涧，不管你懂不懂，都兀自生生灭灭，你可以一目了然，却总是无法说清。

她是名牌大学毕业的高级白领，偏偏又是一个痴情的女子，痴情得近乎发傻，她心甘情愿地被爱情劫掠，被自己编导的爱情感动得一塌糊涂。而在常人看来，那实在是一个庸常而蹩脚的故事——她爱上了一个有妇之夫，而他不过是公司里的一个普通的职员，寻常得不能再寻常。而她，竟一发不可收拾地爱上了他，像一棵树爱上了一座山，像一条钢轨爱上了遥迢的远方。她爱得那样认真，那样执着，凝思为他，辗转为他，欣然为他，落寞为他，他是她最真实的白日梦，让她一经陷入便难以自拔。他对她也显然有些喜欢，只是不能明白地表现出来。

于是，她一面在众人面前装作若无其事，躲避着世俗的刀光剑影，一面悄然放纵自己热烈地爱着。在暗黑的午夜，她是一个痴狂的爱的信徒；在明媚的阳光下，她又拉起理智的纱幔。不甘退，不敢进，大胆泼辣又小心翼翼，她的内心被重重矛盾撕咬得伤痕累累，真的是痛并快乐着。

她知道我给许多家庭婚恋类的报刊开过不少专栏，写了许多动之以情、晓之以理的文章，俨然一位深谙爱情婚姻奥秘的专家，便打电话向我请教。听她讲述了自己走火入魔的爱情，我以洞若神明的冷静，条分缕析地告诉她——她所说的爱，不过是一种喜欢，虽然喜欢是通向爱情的桥梁，但喜欢不等于爱。她不过是让自己臆想的美丽占据了心灵，放大了爱的浪漫。我的建议委婉而明了：她爱的不过是一个烫手的山芋，为避免灼伤自己，她应立刻转身。再说了，人生处处有芳草，没必要非得钟情别人手里的那一朵花。

她承认我说得有道理，也感觉到了那爱的沉重，可是，她仍不肯轻易地放手："我相信时间，相信时间会告诉他，我是这个世界上最爱他的人。"

"那又怎样？他若是回你一份同样的爱，便注定要伤害另一个女人；他若是不能与你一道接受祝福的目光，那注定要你受伤。这就是必然的结果，不用想也能知道。"我急得顾不上含蓄，直截了当地给她当头一顿棒喝，只想叫她赶紧悬崖勒马。

"还是让我试一试吧，或许会有另外的结局呢。"她执意地选择撞墙，宁肯头破血流也不全身而退。

没想到她的爱竟像熊熊燃烧的老房子，我只能无奈地站在一旁，等待那个已然注定了的结果。

然而，令我惊讶的是，没过多久，她和他的妻子竟成了亲密无间的朋友。

那天，看到她与他的妻子两个人说说笑笑地从一家美容店出来，又拉着手拐进了一家超市。我不禁大惑：难道她这么快就心甘情愿地放手了？还是她用了什么缓兵计之类的手段？

叠生的好奇，催我给她打了电话。

“没错，我和他妻子现在已成了无话不谈的好朋友。”她爽朗地笑道。

“你没有告诉她，你心里曾那样地爱过她的丈夫？”

“告诉了，毫无保留地告诉她了，她说她很骄傲，还有这么优秀的女子爱他，她今后就更要好好爱他了，更要把他当作掌心里的宝了。”

我仍有些困惑：“她很有胸襟，也很聪慧，没有吃醋，你也知难而退了？”

“没有退却啊，我现在仍爱着他。”她笑得那样甜蜜。

我惊愕。

她告诉我：“那天与你通话后，我就开始着手了解他真实的爱情状况，很快便找到许多机会接近了他的爱人，不远不近地悄悄地观察他们的爱情。我发现她是一位很善良、很贤惠的妻子，她每天先送女儿上学，再乘公交车去单位；下班回来时，手里常常会拎着一兜菜，接了放学的女儿再回家。再后来，我们相识了，她就跟我讲她与他租房时的那些苦辣酸甜，讲他那次食物中毒她吓得昏了过去，好像中毒的是她；还讲了他每次去外地出差，都要给她和女儿买一些精巧的小礼物；讲了他们怎么过情人节，怎么在楼前的空地上种菜，怎么捐助一个素昧平生的特困学生……她在讲述这些琐琐碎碎时，眼睛里满是柔柔的温暖，满是叫人羡慕的幸福。就在那时，我坚定地告诉自己，她和他都是好人，都是值得一辈子去爱的。”

“那你……”我更不解她的不肯退却了。

“没错，我现在还在爱他，只是我已学会了把那份真挚的爱深藏在心底，再也不会想着将他抢到自己的身边，而要同他的妻子做最好的朋友，一同爱他。这样，我就可以从她那里知道他更多的好。能感受到他幸福着，就足够了。”

我一时无语，为她不肯退却的深爱，为她理性而智慧的爱。不是吗？就在她那深情的关注中，多少温润、绵密的爱，已经渗入了血脉。在不动声色的静默里，她体味着一种距离上的爱，仿若崖壁上的花，美丽而神奇，绽放在脉脉的欣赏之中。

你在哪里，哪里就有良辰美景

大学毕业时，其实他有不少机会留在省城或去外市县找一个不错的单位，可他还是毅然地打起背包，去了那个僻远的林区小镇，因为那里有一个与他心心相印的女孩——嘉慧。

和嘉慧相识，是在大三那年冬天，省内一家杂志社搞了一个诗歌沙龙，邀请了一批创作上有成绩的作者，来省城哈尔滨聚一聚。因为他和杂志社的编辑们都很熟悉，便帮着做做接待工作。没想到，接到的第一个作者，就是来自林区小镇的嘉慧。更没想到的是，诗歌写得很清纯的嘉慧，长得也很清纯，很难想象她有着令人惊讶的坎坷经历。

互通姓名后，她立刻就背出了他写的一首小诗，两个人之间的距离一下子拉近了许多。为了帮她省钱，他将她领到师大一位女同学的宿舍住下来。于是，他们每天一起进出校园，参加杂志社举办的为期一周的活动。待活动结束时，他们已是无话不谈的知音了。

此后，他们便书信频递，谈诗论文。也许，从相识的那一刻起，爱情的种子便已播下，后来的交往不过是认真而精心的浇灌。很快地，嘉慧走进了他一尘不染的诗歌，走进了他爱的梦境。大学毕业时，他没有任何犹豫，便毅然决定挥别都市繁华的诱惑，走向那个朋友们谈之变色、至今依然贫穷的林区小镇。

当然，他的决定遭到了空前的反对——家人反对，师长反对，朋友反对，几乎所有关心他的人，都搬出了种种理由，劝他再好好想想，究竟哪里更适合他的发展。可他说不用考虑了，因为嘉慧在那里，就是他决定的最充分的理由。

挚友阿瑞说他走进了自己编织的童话里，但愿他能拥有不流泪的美丽。

那个小镇的破败远在他的想象之外，但那又何妨呢？和嘉慧幸福地相拥在那个末等的小站，那一刻，他一下子想到了早年看过的一部影片——《两个人的车站》。是啊，他和嘉慧的爱情多么像是在演电影啊，那份经常在书卷中出现的浪漫，正真实地簇拥在他们身边。

当然，他必须要面对的是这样真实的一切：贫穷、落后，交通、信息闭塞，文化生活几近于零。他教书的那个镇中学条件极差，百般努力也难有多大的作为。一个月可怜得只有百余元的工资，让他囊中羞涩，自顾不暇，更不要说帮助家里了。父母来过一次，担忧地说了句“照顾好你自己就行了”，便叹息着走了。

不夸张地说，如果没有嘉慧，他一天也无法在那个闭塞的小镇待下去。

他就是怀抱着玻璃瓶一样美丽的爱情，行走在那个小镇上的。聪颖、温柔的嘉慧，驱散了他所有的不快，让他丝毫不后悔自己当初的抉择。他们彼此鼓励着，他们有爱情和诗歌，这就足够了。

真应该感谢当初欢欣的相逢，让他们自然地生出“一生一代一双”的幸福，生出挽留住流转的美好光阴的热烈渴望。

原来，不管身处怎样的寒凉之地，你在哪里，哪里就有真爱在生长，就有良辰美景，值得我一生相守。

爱我，请别跟我百转千回

那天，打开新加的一个QQ群，看到文友小倩在网上正和高中的死党聊一场爱情遭遇。

“我们是火车上遇见的，虽然他是中途上来的，快下车的时候才开始搭讪的，东一下西一下，也没有聊几句，但下车的时候，他向我要QQ号，我就留给他了。”

“这样的邂逅，一点儿也不浪漫啊。”

“回到家都一个多月了，我都快把他忘了，那天他突然提出要加我好友。”

“然后呢？”

“然后，他让我看看他的博客。我进去一看，地道的一个文艺青年范儿，里面贴满了诗歌，还有一些我读不大懂的散文，天马行空的，形散神也散。”

“于是，就撩拨了少女的诗意情怀？”

“哪里啊？我只是觉得他的那些东西，有那么一点儿特别，跟别人花里胡哨的博客不一样，有一点儿品位，不像我的博客，图片、音乐、资讯、段子、日记，什么都有，十足的一个杂货铺子。”

“接下来呢？挑关键的说，别那么多的铺垫了，请直奔主题。”

“接下来，他说要送给我一首诗，并且很快就发过来了，有点儿朦胧诗的味道，我这个中文系毕业的文学女青年，读了好几遍，读懂了一些意思，似乎还有一些地方没读明白，却激起了我要读懂的欲望。”

“哈哈，二十世纪八十年代的爱情表白方式登场了。”

“比玫瑰和比萨都有味道啊。我回赠了一首诗，他像受了鼓励似的，很快又给我写了好几首诗，都是关于爱情的，十分含蓄，但能够隐约地读出他的些许心思。”

“不用说了，后面的情节我猜到了，然后，你们就在诗歌往来里坠入了爱河，对不对？”

“猜对了一半，是我坠入了爱河，他好像一直在岸上。”

“怎么会呢？明明是他主动的啊，只不过委婉一些罢了，勾引清纯小女生的小伎俩，一目了然啊。”

接下来，在那个没有别人插言的 QQ 群里，我饶有兴致地浏览着小倩和死党的毫不遮掩的对话，理出了后面的主要情节——

小倩和在火车上邂逅的他谈了诗歌，又谈文学，谈大学里的经历，还谈到了去撒哈拉沙漠旅游的打算，两个人越聊越投机。后来，在她的城市里，两个人又见面了，他是出差路过这座城市。在火车站前的肯德基，两个人对坐了一个多小时，他有些拘谨，没了 QQ 上的轻松自如。她笑他还像一个青涩的小男生，心里却喜欢他的憨厚，有一种特别放心的感觉。

再后来，他们在网上的交流时断时续，不热烈，也不冷淡。这中间，她被母亲催着去相了两次亲，很有一些挫败感。跟他说了，他在那边安慰她，说缘分需要等待，爱情是急不来的。她觉得他说得有道理，可是，她更想听到他说他爱她，他却偏偏不说。有几次，感觉他就要表白了，他最终却什么都没有说，气得她暗骂他是一个傻瓜。

当然，因为他，她也矜持起来了，明明心里很想很想，却一直憋着，不动声色。两个人僵持着，谁也不肯率先开口表白，仿佛他们只是谈得来的朋友，约好了似的，谁也不谈爱情。

兜兜转转了两年多，她有些累了，开始悄然退出。

暮春时节，按着同事指点，她心怀忐忑地又去相亲了。这一回，两个人一见面，都乐了。那位大龄男子是一个直性子，连一句简单的寒暄也免了，上来就竹筒倒豆子，噼里啪啦地把自己的工作、家庭、爱好、性格、缺点等主要情况一一介绍出来，并说他对她很有好感，也了解她的一些情况，如果她愿意，就处一处，还说他已经厌倦了相亲，不想多折腾了，若是她不反对，争取这个秋天就结婚。

回家的一路上，她还忍不住笑，到家立刻笑翻在床上。本来自己老大不小了，有些心急，没想到遇见了一个更心急的。

不过，他的心直口快，他的干脆利落，还是挺招人喜欢的，她很快就爱上了他。

两个人甜甜蜜蜜地谈了几个月的恋爱，真的在秋天走进了婚姻殿堂。

得知她要结婚了，那个还没有断了联系的文艺青年，向她道着祝福，还有些酸涩地说，原来还期盼能与她有缘牵手一生呢……

“切，别提那些没用的啦。”她真想穿过网线，甩他一巴掌，那样吞吞吐吐的、比娘儿们还娘儿们的小男人，本姑娘根本就不稀罕。

事实证明，她的选择无比正确。他绝对是一个可以依赖的丈夫，他很爱很爱她，虽然他不会什么花言巧语，也不怎么懂得浪漫，只会用实实在在的行动，给她温暖，给她力量，叫她直想晒晒一个小女人的幸福。

我把小倩的故事讲给一位家庭幸福的哥们儿，他听了哈哈大笑，说有些人心思弯弯绕绕，自己把爱情弄丢了，还愣不知道咋回事呢！

我深以为然，帮几个大龄男女朋友草拟了一份求爱宣言：

我的智商低，也不是文艺青年，请别给我玩百转千回的曲里拐弯。爱我，就请直接亮出底牌，明明白白，不遮不掩，梁山好汉般痛痛快快。

真的，时间宝贵，要忙碌的事情太多了，谁的感情都消耗不起，谁都经不起猜来猜去、等来等去，想要什么，就直截了当，别拖泥带水，好像挺有风度的，其实那是一种叫人讨厌的虚伪。

见到你那一刻，便注定了我此后长长的痛

爱就是爱了，似乎什么理由都不需要。

樱花开得正盛的夏日，爱情草长莺飞的校园，不经意的一次回眸，她便惊雷般地呆住了——无数古典诗词中表述的初相见，应该就是这样的情形吧？一向矜持的她，竟一时手足无措，乱了方寸。

很快，她便知晓了，他是刚刚调入文学院最年轻的副教授，北大毕业的优秀博士，曾师从那位声名显赫的学者。

仿佛应了某种热切的呼唤，一贯品学兼优的她，竟连专业课也会逃掉，只为了去文学院听他的课程，甚至只为了能在路上“巧遇”上他，能与他说上一两句话。她可以在那条青石板的小径上，徘徊不下五华里，心里却是抑不住的幸福。

最让老师和同学们惊愕的是，她已被外语学院保送研究

生了，许多同学敬慕的那位著名的博导，也公开表达了对她的欣赏，她却出人意料地宣布，她要跨专业去考文学院古典文学方向的研究生。

与他说了，他明确地表示反对，劝她千万不要冲动，最好还是读本专业的研究生。

她莞尔，说不需要他任何关照，她会用成绩让他无法拒绝。

她是何等有思想的女孩啊，心意已决，她便将全力以赴地投入备考。只是偶尔，去他那里请教一两个问题。她的聪慧和任性，如春风细雨一样的自然，令他暗生欢喜，但在她面前流露出的，却仍只是一抹淡然。

数月后，她果然考出了令人骄傲的成绩，名列该专业的第一，如愿地做了他的学生。

他惊讶："你不是说，原来古典文学的功底不好吗？"

她嫣然："因为我不想错过您啊，所以我加倍地努力啊。"

"我有什么不能错过的？"一语既出，他的眼神里立刻闪过些许的慌乱，因为她目光和语调里，流淌着无法言语的意味，他陡然似有所领悟。

"老师，周末我请您去看电影吧。"她看到了一向洒脱的他，原来也会有那样可爱的窘态，便赶紧转攻为退。

"到时候再说吧，你先回去把这本书看了，然后，写一篇书评给我。"他想给她出一点儿难题，免得她一上来就单刀直入。

没想到，她周末来家里时，就把书评拿给了他，洋洋洒洒的四千多字，见解新颖，论述严谨，很难想象她竟在四天的时间内，就呈上了一份连他这个年轻的学术才俊都暗暗敬佩的作业。他掩饰着欣然，故作淡定地说了一句："还是有些毛糙了，得仔细阅读文本，注意推敲。"

她却歪着头："你应该表扬表扬我啊，听说当年你一周时间拿出一篇论文，你的博导就到处夸奖你才思敏捷呢。"真不知道，她如何知晓他的这段往事，真不是一个简单的女子。

迟了十分钟，没有赶上那个场次的电影，她便邀他到附近的咖啡屋等候下一场。

突然间，她一脸严肃地问他："师母去武汉读博士，你一个人不寂寞吗？"

"傻丫头，我有那么多的事情要做，哪里有时间寂寞呢？"他说的是事实，一大堆科研课题和教学任务，忙得他难得抽出一点儿休闲的时间。

"那你讲讲你与师母的故事吧。"她端坐，一副洗耳恭听的神态。

真的如他讲述的口气那样，他与师母的爱情的确是波澜不惊，甚至过于平淡无奇了，她便在心底暗暗地为他惋惜。

待她和他走出影院，天空中飘飘洒洒地扬起了洁白的雪花。他脚下一滑，她忙伸手去扶，身子却突然前倾，面颊一下子贴到他的背上。只那么轻轻一触，便有电花在心头飞溅，她喃喃自语："你真像我的哥哥。"

他松开她手，红着脸问她："你不是没有哥哥吗？"

"没错，我是说你更像我梦中的哥哥。"她调皮地冲他做了一个鬼脸，清脆的笑声，在哈尔滨的大街上飘得很远很远。

心底的涟漪一旦扩大了，便久久难以平静。于她如此，于他亦是，只不过他选择了淡然，对她有些刻意退避的淡然，甚至对她热切的目光，也视而不见。

冬夜越发地漫长起来，忧郁啮咬得她面色憔悴，听课时开始神思恍惚，当他关切地问询时，她竟仰着脸，直率告白自己爱上了他。他一愣，忙慌乱地摆手，仿佛犯了一个大错。

“我相信我会给你需要的真正的爱情，新鲜的，激情的，浪漫的，也是现实的……”她挑战似的直奔主题。

“不要胡思乱想了，那不可能，我已经……”他没想到她这样毫不含蓄。

“我知道你有婚姻，但那是你最想要的吗？你真的感觉到了幸福吗？”她连珠炮似的出击。

“你还年轻，爱情不是你想象中的那么简单。”他知道此刻语言是苍白无力的，便转身离去。

不久，她被那一场许多人闻之色变的流感困在病床上，正落寞地望着天棚，他急急地赶来，疼爱地安慰她：“没事的，没事的。”说着，端过保温盒，香气立刻弥漫开来，那是她最爱的连汤面，他亲手做的。

她潸然泪下：原来，他是喜欢自己的，因为他是她的老师，她的兄长，还是……

她猛然拉住他的手，闭上眼睛，仿佛时光骤然停歇，只有她的梦想、她的青春、她的爱情，在轻舞飞扬。

幸福的期待，在疼痛中延伸，她一度自信美丽、聪慧，再加上执着，一定会赢得最后的梦想成真。她将开花的心事，藏在云淡风轻的日子里，相信他一定能够读懂。

那一日，她在商场闲逛，目光突然被锁定——他陪妻在挑选衣服，妻一件件地试穿，他笑容可掬地在旁边看着，仿佛妻依然是那美丽绰约的新娘。那似水的柔情，自自然然，一下子便击碎了她曾经的臆想。原来，他与妻一直是爱着的，像世间无数的凡夫俗子一样，虽说并不诗意，不激情洋溢，只是人间烟火地爱着，但那已经足够了。

她哑然转身，尽管有些心痛，一丝一丝的，但她别无选择。

独自无眠之夜，她仍怀恋地想起这段往事，在一缕怅然中，品味时光定格的那些一往情深，轻轻地告诉自己，有些爱情也不过如此而已——曾经烟花般短暂地绽放绚丽，而后便是怆然地凋谢，一切都止于轻轻转身的那一瞬间，热烈地开始，或者黯然地结束。

时光不老，我们不散

春节刚过，她便被确诊为胰腺癌晚期且已扩散，手术或放疗都已无济于事。做医生的朋友坦言，她的生命最多不会超过半年了。

这一年，她才四十一岁，刚刚评上副教授。女儿正读高三，丈夫随援建工程队去了非洲。

对于死亡，她倒不害怕，只是她心里还有太多的牵挂。她觉得最对不住的，就是八十多岁的母亲。母亲一直生活在条件很差的乡村的弟弟家里，嘴上一再说是帮着弟弟照看孩子，其实是不想牵累她，知道她的房贷才还了一点儿点儿。而她，这些年光顾着打拼事业了，竟连着好几个春节都没回去看望母亲，更不要说在身边尽孝了。父亲早逝，母亲拉扯她和两个弟弟长大成人，所遭受的那些难以想象的苦，她一想起来，心里就一阵阵地疼。

不能再等了，她悄悄揣上一瓶止疼药，便匆匆赶回阔别多年的老家，去陪母亲。拉着母亲枯藤一样的手，她的眼泪差点儿流出来。她给母亲梳头，为母亲摊松软的鸡蛋饼，听她絮絮地讲她小时候的事情。天凉了，她把母亲的脚放到自己怀里。她还跑遍县城的商店，给母亲买到一双特别保暖的棉鞋。尽管，她在家里只待了不到二十天，可母亲特别知足地逢人便夸她是一个孝顺的女儿。

她还牵挂着自己援助的一个西海固的小学生，虽然她已连续三年邮寄学费和衣物，但至今没见过那个叫王小军的男孩，可她得考虑自己有一天不在了，他的学费该怎么办，不能因为自己的离开，让他再次辍学。

还好，一个大学同窗愿意接替她，承诺帮她将那份爱心传递下去。

她还不放心那个因失恋而抑郁加重的大三女生，若不是她及时出现，或许那天漂亮的女生真的就从十楼飞坠下去了。虽然她不是心理医生，可她的话，有一种特殊的力量，女生只要一握着她的手，迷茫的眼睛里就有了动人的光亮。

那个周末，她又一次把女生请到家里，给她包了三鲜馅的饺子，还送了她一本漫画书。女生开心地笑着，她的眉宇间也满是笑意。

她还有一个很大的愿望，就是看到女儿迈进大学的校门。所以，她必须拼尽全力，和死神抗争，多赢得一些陪伴女儿的时间。她在女儿面前总是轻描淡写自己的病情，被繁重的功课缠住的女儿，竟然没有发现她身体和言行的变化。在忙碌的学习之余，女儿总爱给她讲一些学校里发生的趣事。她做的每一顿饭菜，女儿都吃得很香，还好奇地问她的厨艺怎么又提高了……

高考前两天，她执意陪女儿去看了考场，然后带女儿到公园散步，帮她调整应试心态。

站在那棵大榕树下，她用手机给女儿拍了两张照片。看着女儿修长的身材和如花的笑靥，她欣慰中又夹杂着一丝丝的酸楚——宝贝女儿，后面的路，没有妈妈陪伴了，你可要走好啊。

女儿最后一科考完了，她带着女儿去看电影《致我们终将逝去的青春》，一份爆米花，她和女儿头挨着头，香甜地嚼着，像两个顽皮的孩子，电影的内容似乎并不重要了。

拿到诊断书后，她便毅然决定不告诉丈夫真实的病情，生怕他会发疯地求医问药，会倾家荡产地极力挽留她的生命。即便剧烈的疼痛让她满身汗津津的，她也会在电话里面像什么都没发生一样，跟他开玩笑，让他不光要安心完成援建工作，多多赚钱，还要会照顾自己，最好能遇见一个黑皮肤的红颜知己。他半认真半玩笑地问她："你那里是不是有情况了？那我可要马上飞回去啊，若是你跑了，挣再多的钱，也是没有意义的。"

她赶紧拦阻他："我只是和你开一个玩笑，让你轻松一点儿。放心吧，我会爱你到生命的最后一刻。"

当年，在大学读书时，她和他就是同学们公认的绝配恋人，两个人那些相亲相爱的糗事，让大家羡慕又嫉妒。婚后，身居大城市，虽说两个人收入不多，双方的老人负担较重，日子始终比较拮据，但和睦的小家庭，还是让她和他感受到了特别的幸福，两个人齐心协力地将一份朴素的生活，过得活色生香，有滋有味。

她多么想和他这样甜蜜地牵手走下去啊！然而，天不遂人愿，可恨的病魔偏偏不肯放过她。她想到自己能够为心爱的他做的最后一件事，就是将自己美丽的一面留给他，不让他看到自己被病魔折磨的痛心的样子。

抽空，她还带着女儿去了丈夫的山西老家，给公公婆婆各买了一件秋衣。临走时，她还给婆婆偷偷留下两千元，那是她刚刚拿到的科研奖金。

癌细胞开始疯狂地吞噬她的身体，剧烈的疼痛包围了她。她预感自己这一回真的挺不过去了，她开始平静地走着生命的最后一程，有条不紊地忙碌着：把图书馆借的书都还上了；办公室的花都浇了水，门钥匙放在了没上锁的办公桌里；将煤气费、水费、电话费、有线电视费一一交好；帮女儿买回了她相中的一套纯棉睡衣；给援助的那个小男孩寄出了装有衣物和书籍的包裹……

接下来，她开始坐在电脑前，泪眼婆娑地敲击键盘，给丈夫和女儿写人生留言。她感觉心里有那么多话要说，比如她的幸福、她的感恩、她的留恋和牵挂……见过了太多的生离死别，她原以为自己这一刻，也能够做到如秋叶飘落一样从容，但没想到，她会开大音响，独自躲到盥洗室里，纵情地号啕大哭一场。

擦干眼泪，她补了一个淡妆，若无其事地走到女儿的房间，在已经甜甜入睡的女儿身边坐了一会儿。忍了忍，没上前吻一下女儿。

一夜无眠。

天亮了，她加了三倍的药量，仍有剧痛阵阵袭来。她简单地收拾了一下屋子，给女儿煎了鸡蛋，煮了牛奶，一边看着女儿吃早餐，一边听她描画上大学后的打算。女儿让她也吃一点儿东西，她说等一会儿再吃。其实，这几天来，她几乎什么都吃不下了，吃什么都会吐出来。

女儿去学校取北大的录取通知书了。站在阳台上，追着女儿远去的背影，她忽然眼前一黑，猛地栽倒在地。

等她醒来时，她发现自己正躺在四壁雪白的病房里，泪流满面的丈夫和女儿各握着她的一只手。

她仿佛从另一个世界走回来一样惊奇地问丈夫："你怎么回来了？"

丈夫疼爱地抚摸着她煞白的脸："你这个小傻瓜，为什么不让我替你分担一份痛苦呢？"

她声音弱弱地说："我是向你学习啊，其实，我知道，你总是喜欢跟我分享快乐，有了苦和难，就一个人悄悄地扛着。"

他泪眼婆娑："我是你的丈夫啊，那么做是应该的。"

她柔柔地争辩了一句："我是你的妻子啊，这样做也是应该的。"

他摇头："你忘了，我们说过要一辈子不离不弃的？"

她语气微弱："对不起，我只能做到爱你爱到生命的最后一刻了……"

女儿想问妈妈，明明知道自己得了那样的绝症，为什么非要一个人强忍着。她特别懊悔自己这段时间光忙着备战高考了，竟不知道妈妈忍受着那么多的痛苦，像一个健康人一样照顾着自己的衣食起居，陪着自己愉快地度过了生命中至关重要的高考季……

最悲伤的时刻就要来临了。她留恋地依偎在丈夫怀里，任他轻柔地梳理着她稀落的头发，给她别上那枚来自撒哈拉的沙漠玫瑰。

他扶着她的手颤抖地在器官捐献书上签下她的名字，留下了她最后的一份爱。

她的眼角膜，让两个在黑暗中摸索了几十年的人看到了光明。

打开电脑，翻阅着她的留言和影集，他仿佛看到她一步一回头的身影，仍那么清晰。

他怅然伸出的手，拉住的只是无法言说的悲伤——她真的走了，像一朵被流水带走的花。

然而，她又的确没有走，她的眼睛还在注视着这个她留恋的世界，她爱到最后一刻，也注定了爱到永远……

第二辑
这世界上，没有谁比你更重要

你是最独特的那一个，你的爱与恨、悲与喜、愁与乐，都是上苍给予的安排。接受并不完美的自己，别让你拥有的幸福，成为指间的流沙；别让你随波逐流的脚步，模糊了生活的样子。相信阳光下的每一种生活都可以十分精彩，相信自己真的非常重要。

花开半季，情暖三生

他与她是在旅途上遇见的。炎炎夏日，丝绸古道上，举目四望，尽是干旱的戈壁滩。突然，她的越野吉普车抛锚了。她赶紧下车擦一把汗，取了备用胎，准备换上。他的车本已开过去了，又马上倒了回来。他下车，动作娴熟地帮她解决了麻烦。

几句交谈，让两个人惊喜的是，他们去的目的地一样，于是，两辆车结伴而行。

车到张掖，他的大学同窗已做好了接风准备。他邀她一同前往，她推辞了一下，见他很真诚，便欣然同意了。奔波了十多天，她也想放松一下，或许还能在酒桌上结识一些新朋友。

那天晚上的酒，大家喝得很开心，她的幽默风趣，活跃了酒桌的气氛。而她的好酒量，也赢得了一桌子男女的普遍好感，都说她不愧为一个洒脱的行者。

在酒泉分手时，他说了一句话：“好妹妹，你走了，我会想你的。”

她一脸的阳光：“这样亲切的话，我喜欢。”

再后来，他们有了一段浪漫无比的爱情。两个人一起驾车去了危险丛生的达喀尔，穿越了“死亡之地”罗布泊。她说，她愿意跟着爱走天涯，不管前面的路上有多少磨难。

但那样幸福的时光，只有短暂的八个月。他在那次毫无征兆的空难中，猝然而去。而她，那天正从另一座城市开车前往伊春，准备与他会合，一同游览那个“可以作为故乡的地方”。

那天，她对我说：“他走了两年多了，我却依然感觉他还在身边，还在陪着我一路前行。”

我说：“一位高僧说过，爱一回，要暖一生。”

她点头：“这话说得真好，他也说过，一朵花不只会芬芳一个春天。”

我惊讶于她胸前垂挂的“沙漠玫瑰”，那是我所见过的最美丽的佩饰。她说那是他从撒哈拉沙漠找到的。戴着它，她就能真切地感觉到他的温暖。而此时，她正新婚宴尔。

有人说，无论多么深的感情，都会被时间流水冲淡的。然而，她的一言一行，却分明在生动地告诉我们，即使爱走远了，那爱的温暖，却可以如阳光一样，一直陪伴着自己。

2008 年的汶川大地震，若楠在一夜之间失去了五位亲人。那时，她正在读研二。给了若楠百般呵护、让她从巨大的悲伤中走出来的男友，却在一次体检中，被宣布得了可怕的白血病。男友来自青海省西部的一个偏远小村，家境极为贫寒，读大学时的贷款，尚有三万多元没有还上。

面对那张冰冷的病历，若楠泪流满面："你要挺住，我想办法帮你凑治疗费用。"

男友笑着安慰她："要挺住的是你，答应我，你一定要学会爱自己，好好地活着。"

两个月后，男友平静地走了。在他生命的最后时刻，除了抱愧于养育自己多年的父母，他最牵挂的就是若楠，他眼神里的依恋和关切，一想起来，她的心就会涌过一阵温暖的疼。

研究生毕业后，若楠本可以留在省城工作的，她却毅然来到男友的家乡，当了一名清苦的中学教师。她现在的丈夫，是她参加工作后认识的，年龄比她大八岁，是一个很憨厚的铁匠。她爱上他，一个很重要的原因，是他愿意和她一起照顾男友的父母。

若楠的同学见到她那面相苍老的丈夫，有些惋惜她的选择。她却幸福地告诉同学："其实，我第一眼看到他时，就爱上了他，因为他的眼睛里有春天一样的温暖，就像一直活在我心底的第一个男友一样。"

原来，如果真的爱过，温暖便永在。纵然花开只有半季，但真情会温暖三生。

曾阅读过无数风景旖旎的爱情故事，我最喜欢的，还是那些温暖绵长的。那些连让时光都肃然起敬的温暖，无疑是对爱至真至善至美的最好诠释。

老去的是光阴，年轻的是炽爱

那是 1938 年的夏天，二十三岁的德国青年肖恩跟随叔父来到巴黎。叔父是一位精力充沛的汽车经销商，他来巴黎有很多的事情，每天都忙忙碌碌的。于是，肖恩便独自游览起了巴黎，他先领略了塞纳河两岸旖旎的风光，又去了辉煌壮丽的罗浮宫和凡尔赛宫，然后沿着香榭丽舍大街一路走去，体味这座世界名城非凡的意蕴。接着，他又去观赏了著名的凯旋门。

那天，顶着蒙蒙细雨，肖恩来到了举世瞩目的埃菲尔铁塔前。仰望眼前这一人类建筑史上的奇观，满心的敬慕油然而生。他是一位大三的学生，所学的专业就是城市建筑学。他对埃菲尔铁塔已有了比较详尽的了解，从它的设计到建筑的整个过程，都比一般人知道得多，但那些都是从阅读中获取的，而此刻，这座伟大的建筑就矗立在他面前，他就要走上前去，亲手去触摸一下那些被赋予了深厚的文化意蕴的钢铁。

他正心情激动地向前走去，忽然，在他的左前方不远处，一个满头银发的老妇人摇晃着身子，向后仰去，他紧跑两步，但还是没有接住她，老妇人肥胖的身躯重重地摔倒在地。起初，他还以为老人是心脏病猝发，等走近了，才知道老妇人是眩晕症发作，才突然摔倒的。

躺在地上的老妇人，一手按着受伤的大腿，一手撑地想站起来。肖恩上前想帮她一下，老妇人忽然痛苦地咧咧嘴，显然她伤得不轻。老妇人向肖恩求援："小伙子，帮我打个电话，叫一辆救护车，送我去附近的医院，再通知一下我的孙女。"

肖恩的法语还不错，老人的话全能听懂，他安慰老人："没问题，我懂得怎么做。"

救护车很快到了，他陪同老妇人去了医院，并陪老人做了一系列的检查。还好，已年届八旬的老人，只是大腿骨折了，身体其他部位并无大碍。

老人的孙女斯芬娜匆匆地赶到了。看到病榻上的祖母，小女孩含着眼泪，轻轻地嗔怪祖母不该独自上街，摔伤了自己，把她也吓坏了。

"我也不知道怎么突然就眩晕了，现在没大事了，医生说静养一段时间就好了。对了，你可要好好谢谢这位德国来的小伙子。"老妇人指着身边的肖恩，眼睛里满是慈爱。

斯芬娜赶紧擦去眼角的泪珠，向肖恩深鞠一躬："谢谢你救了我的祖母，上帝也会感谢的。"

"举手之劳，不用客气。"肖恩竟有些腼腆得手足无措了。四目相对时，肖恩惊讶地发现，斯芬娜是一个非常漂亮的法国女孩，尤其是她那双清澈如水的眼睛，散发着令人过目难忘的魅力。

当得知斯芬娜刚刚接到巴黎大学的录取通知书，学的也是建筑学时，肖恩兴奋地说："我们以后就是同行了，应该互相交流啊。"

"你是师兄，你可要多帮助我啊。"斯芬娜甜甜的笑容，是那样的美。

"没问题，如果我有需要你帮助的，你也不能拒绝啊。"那一刻，肖恩突然在心底感谢斯芬娜的祖母，让他有缘认识眼前这位可爱的法国女孩。

"那当然了。"斯芬娜回答得很干脆，她也喜欢上了眉清目秀的肖恩。

随后，斯芬娜陪同肖恩登上了埃菲尔铁塔，两个人并肩而立，极目远眺，巴黎的美景尽收眼底。微风轻轻拂过，两个人内心荡起了圈圈涟漪。

回国后，两个人开始频繁地通信，两颗心也贴得更近了，那一段跨国之恋，让两个年轻人感觉到了生活的甜蜜和人生的美好。他们在信中相约，一定加倍努力学习，将来一起设计出让后代赞叹的建筑。

然而，没过多久，第二次世界大战便几乎让整个欧洲都陷入了战火中。随着巴黎的失陷，斯芬娜跟随着父母逃难到了瑞士。肖恩也在大学毕业半年后，被强行征召入伍。愈演愈烈的战争，彻底中断了热恋中的两个年轻人的联系。

1943 年，肖恩所在的部队被派往法国，肖恩和两位要好的朋友冒着危险，来到冷清的埃菲尔铁塔下。他悄悄地掏出当年与斯芬娜在铁塔前的合影，偷偷地吻了吻，内心翻涌着说不出的甜蜜与苦涩。

在诺曼底战役中，肖恩受伤被俘，他没有任何挫败感，反而有了一种解脱的感觉。他想，他已退出了那该死的战争，最令他痛心的是，斯芬娜写给他的那些陪伴他无数次穿过枪林弹雨的书信，在他受伤后全都下落不明了。

在战俘营里，肖恩不断地猜想斯芬娜音讯杳无后的情况：她现在哪里？战争没有伤害到她吧？她和他还会有梦想的未来吗？每一个问题，都噬咬着他的神经，让他疼痛不已，却忍不住一再追问。

战争终于彻底结束了。带着伤痛，肖恩回到了满目疮痍的柏林。那场不堪回首的战争，让他失去了亲爱的父母和可爱的弟弟，失去了令他尊敬的叔父。而萦绕在他心头的斯芬娜，仍然一直下落不明。

经过一段黯然神伤的日子后，肖恩意识到自己不能总是陷在往事的回忆中，必须要振作起来。他相信，不管斯芬娜如今在哪里，她都一定会希望自己还有梦想，还有充满阳光的生活。

肖恩进了一家建筑设计院，帮助人们重建被战火摧毁的家园。即使是在那些特别忙碌的日子里，他也没放弃打探斯芬娜的消息，他甚至委托好友去巴黎大学查询过。然而，他一次次的努力，换来的是一次次的失望，斯芬娜仿佛在人间消失了，再没有她的任何音讯。

肖恩四十岁那年，与一位建筑师结婚了。两个人一同走过了三十年平平静静的婚姻生活，他们没有生育一个孩子，那些散落在城乡间的大大小小的建筑物，凝聚了他们无数的心血，成了他们热爱的孩子。

妻子病逝后，肖恩独自生活了十年后，搬到了自己设计建造的敬老院里。就在他淡然地望着镜中一天天苍老的面容，等待着去天堂与亲人相聚时，他偶然在一张报纸上读到了一篇署名斯芬娜的文章。作者在文中讲述了自己的初恋，虽然没有写出他的名字，但他还是根据文中所提及的那些细节，断定写文章的斯芬娜就是他苦苦寻觅的恋人。

很快，在报纸编辑的帮助下，肖恩与斯芬娜通上了电话。

原来，斯芬娜的父母带着她避难到了瑞士，她因为心中特别牵挂肖恩，没过多久，就独自返回了巴黎，却不幸遭到一位纳粹军官的蹂躏。她一时万念俱灰，想纵身跃入塞纳河，结束自己年轻的生命。一位流浪汉救了她。而后，她去了法国南部的一个小山村，做了一名教师，一生未曾婚嫁。

在那场劫难发生之前，她也曾多方打探肖恩的消息，和他一样没能如愿。遭遇了那场不幸以后，她觉得已无法将最纯洁的自己交给最爱的人了，她便将那份深爱埋藏在了心底。只有夜深人静时，她才会一边翻阅肖恩写给她的那些信，一边流着泪默默地为他祈祷和祝福。

世界反法西斯战争胜利六十周年前夕，心中一直不曾割舍的那份情思，让斯芬娜在耄耋之年，拿起笔来，向世人讲述了自己鲜为人知的初恋。而上苍似乎也被他们的爱打动了，于是，命运让他们在别离了六十七年后，再次惊喜地重逢，让浪漫的爱情经历了那么多坎坷后，终于有了一个美好的结局。

装饰了鲜花的婚车，缓缓地从埃菲尔铁塔前驾过，两位银发飘飘的老人紧握着手，眼睛里满是幸福的泪水。

在巴黎市郊的一座教堂内，神父向许多闻讯赶来见证这一跨世纪婚礼的人们，深情讲述了他们令人唏嘘不已的爱情故事后，说了下面这样一段话——

什么都无法阻止爱的花朵美丽地绽开，什么都无法摧毁藏在心头的真爱，苍老的只是岁月，而爱会永远年轻。

温暖的赞美诗唱响了，两位老人幸福地相拥而泣。

不要慨叹爱的迟来，九十岁的眸子里，流淌的依然是二十岁的深情。面对他们跨越了无数阻隔的爱的相拥，整个世界都应该转过身来，为他们献上敬慕和祝福。

懂得就好，别管谁是谁的谁

她说，真正懂得她的人，是他。

他说，她懂得他，他幸福着她的幸福，悲伤着她的悲伤。

他和她相识的时候，他是使君有妇，她是罗敷有夫。两对神仙眷侣，令世人羡慕不已。而他们四个人之间那份真情挚意，更是弥足珍贵。

她的爱人遭遇车祸时，他正在主持一个会议，妻子的一条短信让他的脸色立刻煞白。他匆匆忙忙地结束会议，在众人惊愕的注视中，第一个跑出会议室，驱车疾奔医院急救室。

爱人猝然离去，她的世界下雪了，彻骨的寒冷，几乎令她窒息。她将自己独自关在小屋里，身旁摊满了爱人的照片，任泪水恣意地流淌，从早到晚，拒绝见任何人，包括他和他的妻子芸。

芸担忧地对他说："她一个人被巨大的悲痛包裹着，若是不能自拔，该多么可怕啊。"

他拍拍妻子的肩膀，安慰道："她就是太悲伤了，我们不要打扰她，她会走出来的。"

芸仍不放心地说："我还是想去陪陪她，哪怕只是陪着她哭泣，一句话也不说。"

他摇摇头，告诉芸："她不需要的，外表柔弱的她，其实有着一颗特别坚强的心，她一定是想让心中成河的悲伤尽情奔流，然后再重新开始。"

芸半信半疑，问他怎么知道她会这么想。他说他懂得她，从看到她第一眼时就懂得了，就像他与芸只那么四目轻轻一对，便胜过千千言了。

果然，两周以后，她便仿佛什么事情都没发生一样，又开始认真地上下班，又与同事和朋友们谈笑风生了。大家都小心翼翼地不去触及她的伤心事，在她面前极力回避爱情、婚姻一类的话题，反倒是她主动地提起，而且毫不掩饰地谈论曾经的幸福，那样自然，就像是在谈论邻家女孩的故事。

于是，大家开始赞叹她的淡定与从容，赞叹她活出了人生的大境界，那种人生修为真是超凡脱俗。对此，她粲然一笑："我哪里有你们说的那么好呀？再夸，我就要飘起来了。"

她带着四岁的女儿天天去公园，遇到他正给儿子童童介绍有关北极熊的生活习性。两个原本就熟悉的孩子牵了手在前面跑，他和她跟在后面，像一对恋爱中的男女。

她知道芸喜欢静静地待家里，不愿意到人多的地方去，连逛街给儿子买衣服，有时都是他的任务。她还知道他在写小说，问他写得怎么样了。他笑笑，说刚起了个头，还没有进入状态。

他问她："还写诗吗？"她说还在写，因为诗歌，她拥有了那一段幸福无比的爱情。她现在写诗，是因为对爱、对人生有了更深刻的感悟，她知道自己的爱人一定在天堂里祝福着她，希望看到她更美丽的诗句。

他说他特别相信，有那样一双明亮的眼睛，在遥远的天国注视着她，她一定能拥抱灵感，一定会遇见感动心灵的文字。

她说，爱人从来都没有走出她的心，她常常在夜深人静时，听到爱人在与她说话。

他说，他懂得，有些永恒的爱，并不需要厮守在一起，仿佛永远分离，却又终生相依。

她点点头，有些爱，是藏在心灵深处的，是无须表白的。有时，一个眼神，一个细微的动作，就会诉说许许多多。

他悄然帮她借钱还银行的房贷，悄然帮她把女儿送入离家更近的那家很难进的幼儿园，悄然帮她一次次联系诗集出版的单位。他告诉芸，他之所以悄然帮她，是不想让她感到难为情，只装作那一切都不过是他举手之劳的事情。

而她，怎么会不懂呢？她只是在心底感激着他，也感受着他送来的缕缕温暖。

是爱，还是喜欢？是知心朋友，还是红颜知己？他那样悉心地关注着她，心甘情愿地为她做着每一件他认为应该做的事。

她也知道，这世界上还有一个像爱人一样的男人，在倾心关爱着自己。她懂得他的眼神里流露的那些纯净，懂得他沉默的背影上写着的柔情。她更懂得，他和她今生只能站在那个美丽的距离上，心心相印。因为他有自己心爱的妻子，而她有天堂里的知心爱人。

因为懂得，当各种流言蜚语无端地传来时，他淡然地一笑，依旧不避猜忌地与她谈诗论文，依旧与她带着儿女一道去看最新的电影大片。而他的爱人芸，对于那些“好心人”添油加醋的“善意提醒”，呵呵笑道：“我的老公是什么样的人，我最懂得。他和她，根本没有那些捕风捉影的传闻。”

亦是懂得，他的家庭风平浪静，夫妻恩爱，和谐温馨。

她的诗集出版了，他比她似乎还要高兴，那天晚上他多喝了几杯红酒，坐在那里跟芸开玩笑：若是她比芸早出现自己面前，恐怕他就会……

芸的秀拳立刻擂到他宽厚的胸膛上，撒娇地大吼一声：“纵然是先遇见，你也会错过的，因为你我的姻缘，前世便已结定，这是你说过的。”

“对啊，没错。我们的美好姻缘，是前世今生都已结定的，我一直心怀感激。”他紧紧地拥着芸。

她一直带着女儿过着一份简单而充实的生活，再没有谈婚论嫁，虽然也有过几次短暂的相亲，但始终未能遇到令她怦然心动的那一个。

他曾问她究竟要找一个什么样的人才肯嫁呢，她嫣然一笑说，或许上帝知道。

他不再多言，因为懂得她的绵密心思。

她见了他的那一丝窘迫，开心地笑了。她和他一样懂得，生命中有些真爱，是心底藏着的金子，是心灵之花上那一触即碎的露珠。

别管谁是谁的谁，只要是从那个字走来，向那个字走去。这一生，就足够幸福的了。

此岸情依依，彼岸花灼灼

第一眼看到她，他便被她的美丽震撼住了。那时，他还只是一家小工艺品公司的勤杂工，而她却以出色的艺术才识，成为那所大学里最年轻的副教授。

当时，极度自卑的他，不敢向她表白心中的爱慕，甚至不敢坦然地迎向她明净的眸子，生怕她一下子看轻了，从此淡出他的视野。可是，年轻的心湖，已不可遏止地泛起了爱的涟漪。从此，他再也无法将她从心头挥去。那个寒冷的冬天，对于孤寂地寻觅人生前路的他来说，她不只是一团温暖的火，还是一盏明亮的灯，给了他明媚的方向和神奇的力量。

在他借宿的那个堆满杂物的零乱的仓库里，他生平第一次拿起画笔，像一个小学生一样认真地画起人物素描。他画的第一个人物就是不断地在脑海中浮现的她。他说：

“她无与伦比的美，是我今生所见到的最超凡脱俗的美，这种美属于经典的名画，属于永恒的诗歌，是应该以定格的方式传诸于世的……”

终于鼓足了勇气，他将自己幼稚的画作拿给了她，她只是那样礼节性地说了两个字“还好”，便让他受了巨大的鼓舞，感觉到自己有一天也能在艺术上有所造诣。他暗自告诉自己：暂且把炽热的爱深藏起来，努力再努力，尽快做得更出色，以便能够配得上她的出类拔萃。然而，他又担心等不到他成功的那一天，她便已芳心有属，那样，他就只能坐等遗憾痛苦和无奈的结局了。那些进退皆忧的烦恼，搅得他一时寝食难安，仅仅两个月，他便消瘦了二十多斤。最后，他还是把真挚的爱燃烧成一首诗送给了她。她依旧那样优雅地回了一句感谢，并坚定地告诉他——他们的关系只能止于友谊，而不是爱情。

对于她理智如水的拒绝，他虽有丝丝难言的苦涩，却不仅没有一点儿点儿的抱怨，反而有深深的感激，因为她自始至终都没有做错什么，她有她的方向和自主的选择。或许自己足够出色了，她才能够明了自己那份横亘岁月的深爱。于是，他离开了省城，去了北京，又漂洋过海去了欧洲许多艺术圣地，开始四处拜师学艺，开始埋头苦练画艺，常常为了绘画达到忘我的境地。

就在他忙碌着在巴黎举办个人画展时，他收到了她婚嫁的消息。虽然早已想过会有这样的结果，早已想过会有伤感不绝如缕地涌来，只是没有想到巨大的悲伤竟会汹涌成河，让他几乎彻底崩溃。他呆呆地坐在塞纳河畔，一任秋阳揉着满脸的忧郁，一任往事怅然地拂过，失魂落魄的样子，像一株遭了寒霜的枯草。

好容易止住了心头的怆然，他给她写下的祝福简短而真诚："相信你会拥有幸福的爱情，因为你的美不只是外在的，还有你的思想、你的灵魂，最爱你的人会将你独特的优秀看得清清楚楚。"

再相逢时，他已是闻名海内外的艺术大师，他独具风格的作品正被拍卖行高价竞拍，被世界各大著名艺术馆争相收藏。而她正在那份不好不坏的婚姻里，品味着世俗生活的苦辣酸甜。终是无法割舍的情怀，让已阅读了无数沧桑的他，再次坐到她面前的那一刻，仍有一些手足无措的慌乱感，连面前的那杯咖啡，都有了一种别样的滋味。那天，他送给她一幅题名《永远》的油画，画面上那条悠长的小巷，在默默地诉说着他脉脉的心语，澄明而朦胧。

她提醒依然孑身一人的他应该考虑成家的问题了，他看到她眼神中倏地滑过的一丝怅然，点头说道："是啊，有情岁月催人老，不能总是在爱的路上跋涉，可是……"他的欲言又止，像极了那些留白颇多的绘画，他不说，她亦懂。

当他得知她的丈夫在漂流中遇难的消息后，迅速中止了重要的国际艺术交流活动，第一时间从意大利飞到她身边，不辞辛苦地忙前忙后，帮她料理后事。有人问他为什么要那样，他说他已经把她当作了自己最亲的亲人。她感动而感激，但对于他依然认真的求爱，她仍是干脆的两个字——拒绝。

她没有给出理由，似乎也不需要理由，就像他对她的一见钟情，几十年的红尘岁月，非但没有冲淡那份爱，反而让那爱变得更深沉、更绵长。尽管她的一再拒绝，让他品味到了许多酸涩，品味到了许多苦楚，可是，他也由此体味到了难以形容的甜蜜。在希望与失望的跌宕中，在痛苦与幸福的交织中，他咀嚼着一份无怨无悔的真爱。他说：“她是他的彼岸花，始终在那个距离上，美丽着，芬芳着。”

有评论家赞赏他的作品鲜明的艺术风格——总是那样明媚而热烈，即使偶尔有一点儿黑色的阴郁，也无法掩住红色的希望……很少有人知道，他是怎样蘸着苦涩，一次次描绘着渴望的幸福，更难有人能够体会到，当他的画笔酣畅淋漓地游走时，他内心里又澎湃着怎样的爱的大潮。

再后来，他与法国画家乔治·朱丽娅结婚，定居法国南部小城尼斯，但始终与她保持书信联系，他们的情谊愈加深厚。她曾意味深长地说：“没能与他牵手，或许不是我今生最好的选择，却让我拥有了一生的幸福。”

她五十五岁那年，因脑溢血溘然辞世。闻讯，他把自己关在画室内，一口气画下有人出千万美元他也不卖的绝作《彼岸花》，并宣布从此退出画坛，不碰丹青，隐居国外，谢绝任何采访。

他就是十九世纪著名的油画家任千秋，她的名字叫谢小菊。他们的爱情故事，就像他最后的杰作——如今，那些美丽的往事，虽然已是彼岸的花，但隔着岁月，向我们绵绵吹送的，依然是时光无法洗去的温馨与美好。

赠你一双盈满爱的明眸

十八岁那年，无数玫瑰色的梦幻尚未绽开，一场突如其来的灾难过后，她陷入了无边的黑暗之中——双眼视网膜全都脱落了。

好几次，她想纵身从高楼上一跃而下，让自己脆弱的身躯与坚硬的水泥地轰然撞击，彻底结束那在黑暗中摸索的苦痛，但父母拳拳的爱紧紧地拉住了她——她是父母的希望啊，她不能只想着自己，不能再让爱自己的人伤心。

心渐渐地平静下来以后，她开始学习使用电脑，学习运用盲文软件写作，让忙碌和充实一点儿点儿地冲淡弥漫心灵的痛苦。看到她一天天地坚强起来，父母在宽慰中，仍没有放弃为女儿寻找光明的努力。五年多的时间里，他们不惜负债，带着女儿大江南北地四处奔走，期盼着有一天奇迹能够降临。

也许是他们的执着感动了上苍，许多专家都断言的“不可能”竟变成了实实在在的“可能”——在一次连医生也毫无把握的依然是“试试看”的视网膜移植手术过后，蓝天、碧水、红花、绿树，所有那些记忆中的美景，全都在刹那间又重新展现在她的眼前。

她不知道，在她的双眼尚未重新看到这缤纷的世界之前，有一份特别的爱情已经向她走来了。那个优秀得无可挑剔的他，像是怕别人抢走她似的，在她缠绕眼前的绷带还没拆掉时，便将一束鲜艳欲滴的玫瑰放在了她的床头。

她爱了，爱得那样沉迷，那样幸福，特别是每当他坐在面前，轻轻地捧起她的脸，望着她那清澈如水的双眸，他纯净无瑕的目光里燃烧的满腔柔情爱意，有着无法掩饰的真切和热烈。久久地，他们四目相对，仿佛整个世界都在那一时刻安静了下来，在无声地诉说着生活如诗般的美好。

当然，她也曾有过困惑：英俊帅气的博士，怎么会爱上她这个各方面均平平的人呢？每次认真或随意地问他时，他都笑着回答她：“因为在你的眼睛里，盈着我无法拒绝的爱。”

“真应该感谢那位为我捐献视网膜的陌生的同龄女子，她不仅带给了我光明的世界，还带给了我一份让人羡慕的爱情。”迎着他春天般的笑容，她满怀感激地依偎在他的怀里。两颗怦怦跳动的心，起伏着亲亲密密的爱的旋律。

红叶飘飞的十月，他们牵手走进了溢满祝福的婚姻殿堂。仍像恋爱时节那样，他们心灵相契，常常只是不经意的一句话、一个手势，甚至一个眼神，就能把那份爱渲染得如诗如画。爱意似水地流淌在他们朴素的日子里，人们更多地见到的是簇拥在他们周围阳光一样自自然然的幸福。

女儿开始咿呀学语了，她浸润了真情挚爱的作品也开始纷纷地见诸报端，而他的事业也正一帆风顺地向前推进着。虽然知道追他的优秀女孩很多很多，但她已不再傻傻地问他当初为什么那样义无反顾地爱上自己。她只是常常在心底暗暗提醒自己：感激那个送给自己明眸的女子，一定要把双倍的爱，送给无悔地与自己牵手一生的他。

结婚五周年，他们选了本市最好的一家酒店来祝贺。在雅致的包间内，两个人相对而坐，氤氲的烛光渲染着浪漫的情调，两个人好像一对初涉爱河的情人。平时滴酒不沾的他，那天的兴致很高，和她一杯一杯地喝着甜软的红酒，两个人絮絮地说着说了千遍也不厌倦的情话——他们都被幸福灌醉了。

蓦然，他探过身去，再次捧起她那红润的双颊，定定地望着她脉脉含情的双眼，许久许久，仿佛时间在那一刻已凝固。

他将嘴唇轻轻地移到她那扑闪的睫毛上，紧紧地揽她入怀，贴着她的耳朵喃喃自语："就这样，爱，沿着明眸走进心里，永远，永远。"

那是她至今尚不知晓的秘密——那个将视网膜捐给她的女子，曾是他的初恋女友，是那场突然的车祸夺走了她如花的生命，在她生命弥留之际，她明眸闪烁着让他答应了她最后一个爱的请求——他一定要尽快走出悲伤，要好好地去爱自己，去爱别人，她虽然不在了，但她的眼睛还在爱着他……

是的，那双盈满深爱的双眸，还在源源不断地涌动着浸润心灵的爱的洪流，而被温暖的，已不单单是他和她。

无可救药的心疼

因为都来自偏远的农村，他和她自然多了一些共同的话题，大三那年，顺理成章的爱，将两个人牵得更紧了。

那时，大学校园里玫瑰泛滥，基本靠打工支撑学业的他囊中羞涩，不能给她买鲜艳的玫瑰，不能领她去逛大商场、逛各类名牌精品屋，但他会给她编织一副好看的手套，会带着她去不要门票的森林植物园，和她一起细数那挺立的白桦树上如疤的黑眼睛，把一份青春的诗意挥洒在风中。无疑，关于爱情，她有着同窗女友们或缺的一些独特的幸福，尽管她偶尔也会羡慕女友们用大把的钞票，淋漓尽致地张扬着现代派的爱情。

大三时，她莫名其妙地患上了间歇性头疼，有时正好好的，突然间就头疼起来，剧烈的疼痛令她坐卧不安，可是过了一段时间，又不知何故地好起来，如是反复地发作。他焦虑地领着她跑了好几家医院，中西医都看过了，做了多种检查，也没查出病因。

看到她那痛苦不堪的样子，他的心像被扎了无数根针似的，急得他团团转。她感动地安慰他："没什么大碍，忍一忍就挺过去了。"

他却坚决地摇头："不能忍，相信总会找到治疗的办法的。"

后来，学中文的他，跑了好多图书馆，翻阅了无数的医学报刊，抄录了好多种偏方。经过认真筛选，他从中选出没有任何副作用的五种方法，和她一起试验。在他深情的注视中，奇迹真的出现了——他的第四个偏方，竟治好了她那连许多名医都束手无策的头疼。

然而，他和她最终还是没能够走到一起。毕业前夕，几经踌躇，她还是没能禁得住更为现实的诱惑，决然地和他分手，把爱情投向了那位厅长的公子，轻松地留在了那座繁华城市里，找了份轻闲的工作。而他，则带着一颗受伤的心，回到了那个依旧比较落后的县城。此后，几年间两个人音信杳无。

婚后，她丈夫凭借着父辈的种种关系网，把生意做得越来越大，她过上了以往只在影视剧中才见到的那样奢华的生活，不少昔日同窗都感叹她正是"学得好不如嫁得好"的最好实例。

短暂的令人眩晕的幸福过后，她开始品味到了一种难以言说的失落，尤其是丈夫常常在外面飞来飞去的时候，一个人待在那宽大的房间里，那无边的落寞如影相随，挥之不去。

当她跟丈夫谈起心中的感受时，正因成功而膨胀得居高临下的丈夫，冲她挥挥手："别胡思乱想了，过这样什么都不缺的生活，你还有烦恼，那不是没病找病吗？"

她想说他们的生活的确是缺少一点儿什么，比如夫妻间和谐的沟通已经越来越少，她已感觉到丈夫身上有不少她陌生的东西，但一看到丈夫那不耐烦的脸色，就把到嘴边的话又咽了回去。在丈夫面前，她已习惯了忍让。

似乎一切都那样自然而然，直到她丈夫有了外遇，他开始还有所顾忌，在她面前掩饰一下，后来干脆大言不惭地吹嘘自己多么有魅力，让许多女人都心甘情愿地投向他的怀抱。他那张炫耀的嘴脸，在她眼里一下子变得丑陋起来。但她又无可奈何，她悲哀地感到自己已变成了一根依附于他的藤蔓。她的心开始隐隐地疼痛起来，就像当年的头疼，不时地发作，却让无数药物无能为力。她那锦衣玉食的生活，也由此变了味道。

极其偶然地，她得知他已是那个县城一名颇有名气的语文老师，有了贤惠的妻子和可爱的女儿。无数次，她默默地面对着连通他的那七位数字，一任青春的往事如潮般涌来，让幸福和伤感一同把自己包裹起来。

犹豫再三，终于在一个寂静的午夜，她颤抖着拿起了话筒。当那熟悉的一声自然而亲切的问候，隔了千山万水传来时，她已泪流满面，几乎说不出一句完整的话了。

“怎么了？是不是头疼又发作了？我还记得那个偏方，你听着，我慢慢念给你。”他急切的语气中，依然有着当年那份温暖的呵护。

“谢谢你的偏方，有些痛苦，我是能忍住的。”她想说这一回不是头疼，而是无法言说的心痛。

“有些痛苦是不能也不应该忍受的，因为总会找到克服的办法，比如某些简单而实用的偏方。”聪明的他已察觉到她心中藏着的忧郁，委婉地提醒她。

“你说得有道理，可是……”她想说有一种浸润心灵的痛苦，注定要伴随一生了。

“但不管怎样都不应委屈了自己，都要听从内心的召唤。”他的果决中，透出一种命运在握的自信与从容。

“我还会找到当年好用的偏方吗？”她不禁有些疑虑。

“肯定会的，只要你用心去寻找，总会找到的。我还要告诉你，世间有一剂最好的偏方，其中有一种必不可少的最重要的成分，那就是——爱。”他真诚的话语，犹如一缕清风拂过她幽闭的心头，让她有一种肩头被猛击一掌的畅快。

一年后，她一个人去了另外一座城市，开始了另外一种生活。在她简单的行囊里，装着他那天告诉她的那个好用的偏方。尽管她的头疼早已治愈，只是偶尔会心痛，但她还是愿意在心底久久地珍藏那个偏方，珍藏青春岁月中的那份至真至纯的爱。

爱就在那里，诗意盎然

芳草青青的呼伦贝尔大草原上，他骑一匹炭红色的骏马疾驰而来。蒙古包前，一个年轻的漂亮女孩，手捧一束格桑花，正翘首眺望。徐徐的轻风，吹起她飘飘的长发，像一首隽永的诗。她明亮的黑眸里，闪着甜蜜的光芒。远远地，他在向她使劲地挥手，那只牧羊犬急不可耐地迎上前去。他跳下马来，一下子将她连同那束花拥到怀里，紧紧地搂住。过了一会儿，他将她抱上马，她欢喜地偎在他胸前，骏马似乎特别懂得他们的心思，驮着他们朝水波粼粼的草原之湖缓缓走去。悠悠白云，在蓝天上亲密着。此刻，他与她是草原上幸福而甜蜜的恋人，无垠的辽阔，无限的静美，都成了他们幸福的背景。

那是我在草原旅游时偶然碰见的一幕。我后来得知，女孩来自江南水乡，是来草原支教的老师。而他，是来自西班牙的留学生。他是在一个义工论坛上认识她的，因他们对支教有不少相通的认知，两颗年轻的心越来越近。他决定不再回去帮着父亲经营公司，而要留在中国，和她一起去圆草原上那些孩子的梦想，做草原上最美丽的格桑花。

离开草原好久了，我还记得那对年轻人自然而热烈的拥抱。那份纯美的爱恋，就像绿茵茵的草海上那些无名的小花，虽然很少有人知晓，但那条静静流淌的小河，一定会念念不忘。

我是在北极村的一条幽静的小街上见到他的，他脸上的皱纹很深，带着浓郁的沧桑味道。那会儿，他正坐在门前的阳光里，手里拿着一个现在很少有人听的老式的半导体收音机。他面前摆着一台简易的冰淇淋加工机。顾客稀少，几近于无。但他好像并不在乎生意的清淡，只管悠然地晒着太阳，听着咿咿呀呀的京剧。过了一会儿，从那扇敞开的大门里，颤颤巍巍地走出一个满头银发的老婆婆。他赶紧起身过去，搀她坐到那把藤椅上。然后，他拿来一支冰淇淋，放到阳光里，直到它变软了，快融化了，他才轻轻吮了一口，然后递到她的嘴边，看着她小心翼翼地舔了一下。接着，两个人你一小口，我一小口，慢慢吮吸着那支冰淇淋。

我先是惊讶，继而有些感动：守着那么多的冰淇淋，他们却要恩爱地分享一支。原来，他们不是出于节俭，而是在旁若无人地享受那甜蜜的爱，宁静而芬芳。

随后，我知道了他们动人的爱情故事。当年，他是来自上海的知青。在那个奇寒无比的冬天，他上山伐木。回来的路上，疲惫不堪的他，依在一棵红松旁，想休息片刻再赶路，却不料一下子睡着了。醒过来时，他的两条腿已冻得迈不动了，他使劲地呼救，四周却只有寂静的山林和厚厚的积雪。

就在他绝望时，她找寻而来。谁也不曾想到，那么瘦小的她，竟连背带拖带拉，硬是将他救回了家中。稍稍喘口气，她马上用雪为他搓红了全身，又熬了一大锅姜糖水。两天后，他才完全恢复过来。

他感谢她的救命之恩，她的脸一片绯红，像一朵好看的云。再后来，他向她求婚。开始，她竭力拒绝，不是不爱，是因为她家成分不好，她还大他八岁。最重要的是，此时正值知青返城的高峰，各方面条件都相当不错的他，是很容易重回繁华的大上海的。但他却执意地留了下来，他反反复复的一句话“我会陪你一辈子的”，让他们有了此后近四十年不舍不弃的守候。

没想到，在两位老人看似平淡无奇的生活背后，竟藏有那样鲜为人知的挚爱真情。望着那对老人阳光里相濡以沫的情景，我不禁心生羡慕：多好啊，守着生命里的真爱，平凡的日子，如此云淡风轻，又如此动人心魄。

她是一位年过五旬的诗人，家住南京。每一年，她都会坐最慢的那趟火车，颠簸十多个小时，再搭乘公交车，然后缓缓地步行，去湘西的一片竹林。在那里，长眠着她的恋人。

那是情窦初开的年纪，高三刚开学，她便痴迷地爱上了自己的语文老师。正要与女友谈婚论嫁的老师，在一阵慌乱之后，竟也不可遏止地爱上了她。女友一时爱恨交织，跑到学校大闹了一场，让他们在众目睽睽之中，接受了审判般的指指点点。他们这份不被人接纳的爱，注定要掀起轩然大波。来自多方面的种种刺目的眼光和暧昧的猜测，使他们再也无法待在校园里了。于是，他辞掉工作，而她，也放弃了学业，两个人牵手，踏上了私奔之旅。

他们简单的行囊里，装了好几本诗集。是诗歌，点燃了他们爱的激情，也是诗歌，鼓励他们勇敢地迎着世俗的箭镞，要在有限的人生中，无悔无怨地抵死缠绵一回。

向远山远水一路奔走的那些日子，是他们生命中最甜美的时光。他做了她断了仕途的士子，她做了他柔情似水的娘子，两个人发誓要将此生的每一天，都过成意境深邃的沁园春和如梦令。

然而，他们的幸福很快便被拦腰斩断——那天，他攀上一块崖石，要为她采回一束盛开的杜鹃，不慎失足坠下山崖。将他葬在那片他们无数次吟诵诗文的竹林，她呆呆地，欲哭无泪。很快，她又露出了笑容，因为怀上了他的孩子，她要好好活着，将他们的爱绵延下去。

此后，她有了自己成功的事业，把漂亮的女儿培养得相当优秀。只是，她谢绝了所有男子的求爱，一个人守着曾经那样荡气回肠的爱，富足而淡然。

我读过她的一些诗，最喜欢她那首《你不是我的彼岸花》，她这样抒写余生的每一寸光阴里深深铭记的爱："你不是我的彼岸花，不是湖面稍纵即逝的涟漪，不是蓦然回首时的一道彩虹，不是笔尖匆匆走过的那些风景，不是永远遥迢难以触及的浩瀚星空，不是拨动心弦又了无踪迹的曼妙音符。”她愿意“从一粒被岩隙收容的种子开始，此后的时光全部用满怀的守望充盈”。

那个寂静的午夜，我品读世人广泛传抄的六世达赖仓央嘉措的仿佛天籁般纯净的情诗，不禁想到了在路上不期然遇见的上面几位，以及他们那散在生活里的熠熠闪光的爱的碎片，美丽而生动。

一时间，我的心里暖暖的，满是幸福的感动，为他们波澜壮阔的爱，为他们风平浪静的爱，为他们演绎的那些真、那些善和那些无法形容的美。

光阴记得爱情的模样

遇见她，是在孙子婚礼庆典的那个酒店。

那天，是她七十八岁的生日。她银发如雪，着一袭红衣，戴金边眼镜，满脸慈祥，手脚依然麻利，正被一大群儿孙们簇拥着，慢慢走出电梯。

与正要上楼去的他迎面相撞，四目一对，他不禁惊喜地脱口而出："是丫蛋儿啊！"

这个小名，已经好几十年没有人叫了，连二十多岁的孙子都不曾知道，她还有这样一个特别的名字。

"是拴柱啊。"她也喊出了他早已被遗忘的小名。

只那么轻柔地一唤，时光一下子退回到六十年前。彼时，他是一个有两年军龄的大兵，正在人烟稀少的中国北部边境线上站岗放哨。

一场巨大的暴风雪突如其来，厚厚的积雪，将通往哨卡的路全部封住了，与外界联系的电话线也被大雪压断了。他奉命去求援，偏偏又碰上了北方人都惧怕的“大烟泡”，风雪迷了眼睛，吹乱了脚步，让他跌跌撞撞，不知道摔了多少跤，最后冻倒在路边。

醒来时，他已经躺在她的林间小木屋内，是她狩猎归来的父亲发现的他。

屋内暖暖的，火盆里是红红的木炭。穿着小碎花棉袄的她，正守在他旁边。见他睁开眼，手脚活动开了，她欢喜地喊起来：“吓死人了，以为会冻坏了你。”

这时，他才知道自己昏迷了大半夜，是她用雪一点儿点儿地揉搓他冻僵的手脚，慢慢地帮他疏通血脉，否则，那么严重的冻伤，很可能会导致截肢。

喝了她熬的红米粥，他感到整个身子都舒畅了。

她告诉他安心休养两天，她父亲已经出山帮他找上级连队去了。

一周后，他被战友接回去时，他和她竟有些恋恋不舍了。

第二年从青岛老家探亲回来，他特意给她带来一些海产品。而她，最喜欢那个银白色的海螺。她说，能听到海涛的声音呢。

他憨憨地笑了：“有机会，我带你去看海，陪你听真正的海涛声。”

她逗他：“我要你陪我一辈子。”

他点头，心里也藏着欢喜。

接下来的日子里，两个年轻人的爱情开始一天天地生长起来。

只是，他没有想到自己被调到机要部门后，又因为业务出色，受到下部队调研的领导欣赏，被调入南方某大军区机关的机要室。

因为工作的保密性质，他无法像别的战士那样与她正常通信了，而且他“已经是部队上的人”了，无法如期退伍。他和她不得不接受那样的“生离”。

在苦苦地等待了三年后，她嫁给了一位很能干的木匠。而他，也在升为营级干部那年，娶了一位部队首长的女儿。从部队转业后，他随妻子来到哈尔滨，安家落户。

而她，也在十年前跟着儿子搬到哈尔滨中央大街旁的一个小区安享晚年。

她说：“还记得你说带我去看海呢。”

他羞赧地说：“还记得那场大雪，你说刚看到我时那副吓人的样子，生怕我会醒不过来，急得眼泪都掉下来了。看到我醒过来，你说自己像捡到了宝贝一样开心。”

她说，她还记得他那会儿特别腼腆，一张口脸就红，跟他开一个小玩笑，他也会当真。还有，他的手很灵巧，和她玩羊拐，他总能赢她。他做的饭也好吃，随便几样简单的食材，他居然能烧出色香味俱佳的菜。

他说，他还记得，她用兔皮为他做的那两副鞋垫特别暖和，她为他剥的那一盒松子，他整整吃了一年。还有，她给他的每一封信里，都会夹一片树叶或一朵小花，她说要他记得她是大山的女儿……

本以为风驰电掣的时光，已经带走了那么多的往事，谁知，那么多的细细碎碎，两个人依然深深记得，一切都清晰如昨，仿佛从未走远。

她还告诉了他一个秘密——她曾去他的家乡旅游，但没有去看海，因为没有他的陪伴，她怕伤感。

他也告诉了她一个秘密——他曾两次申请退伍，想来找她，但都没被批准，他偷偷地流了好几次泪，首长知道后，还狠狠地训他太没出息了。

秋日的阳光，温暖地照在他们的身上，他们聊着前尘往事，宛若在幸福地述说着别人的故事。那些欢，那些喜，那些疼痛，那些遗憾，都那么真切。

虽然他们始终没有一句有关爱情的表白，但分明有清澈的爱情，在两双已然苍老的眸子里流淌。

他是我的二叔。我悄然问他："如今你们都是失去另一半的单身老人，是否有过再续前缘的念头？"

他一脸阅尽沧桑的平静："彼此都记得曾经的那些好，都在心底珍藏着那些美，就足够了。"

谁说往事如烟，光阴一直记得爱情曾经美丽的模样。彼年豆蔻，谁与谁曾相许天长地久并不重要，重要的是，两个人的心底，一直都珍藏着初恋的点点滴滴，寸寸回忆，都诉说着同样的心曲——多少年又是多少年，如花爱情，轻轻流转，岁月静好。

第三辑

亲爱的寂寞，你好

无论红尘如何喧嚣，刻骨铭心的寂寞，总会如期而至，如影相随。一个人若能不为繁华易素心，不因风尚迷失方向，静下来，慢慢体味浸润生命的孤独，你就会看清人生本来的样子。懂得善待自己，就是善待世界。

因为爱，才有禅意芬芳的心疼

爱上她，是在开往航站大楼的地铁上。

因为要完成硕士论文，按导师的指点，他那两个月经常乘地铁去航站，搜集所需的资料。很自然地，他碰见了许多上下班的漂亮空姐。他说，与那么多美女同行，很养眼。而她，却摇动了他的心神。

像静静的心湖突然投下一枚石子，爱的涟漪便一圈圈地荡漾开来。

“美女也喜欢这本书啊？”他找到一个很自然的话题。

“是朋友推荐的，里面有许多动人的故事和深刻的人生感悟，读着让人心里生暖，我还很喜欢书的名字——《人生不留遗憾》。”她夹好书签，抬起头来。

“是啊，若真能做到人生不留遗憾，那该多好啊。”不能错过她的念头，蓦然强烈起来。

“有些遗憾也挺美的。”她语调轻柔。

“遗憾之美，缘于对那些生命中的美好未能如愿的不舍、不甘和无奈，缘于对完美的渴望和追求。”他喜欢探究问题的本质。

于是，就“遗憾”这个话题，他们把二十多分钟的行程，缩成了短短的瞬间。

随后的日子里，他知道了她的一些故事，竟然可以说是大多与“遗憾”密切相关：在读职高时，她发疯似的爱上了一个学美术的男孩。那年她十八岁。她不惜狠狠地伤了父母的心，跟着男孩跑去北京闯荡。他们没有学历，没有一技之长，在人才密集的繁华京城，吃了许多难以想象的苦头。后来，她有幸签约了一家北方航空公司，获得了份稳定的薪水，而那男孩进了一所美术高校进修。没想到，男孩在一次帮朋友进行室外装潢时，不慎从十楼坠落，没留下片言只语便永远地离开了她。无言的悲伤还未散去，出于对当初自己爱得任性的愧疚，不忍看着父母焦虑，她同意了父母看好的一份姻缘，嫁给了一家房地产公司的营销部经理。两个人的物质生活令人羡慕，可感情上总是疙疙瘩瘩的，说不出的痛，找不到药物的内伤，或许只有时间才能疗治。

“为什么要跟你说那么多呢？”恍然发觉与他竟有些无话不谈了，她的心不禁一颤。

“谢谢你把我当作了可以倾诉的朋友。”她的故事，令他想冲动地握住她的手，把怜惜和疼爱默默地传递给她。

“也许这就是人们所说的遗憾吧。”她轻轻地叹息。

“尽管生命中的完美太少，但绝对不应该由此放弃对完美的追求。”他一时不知该对她说些什么。那一刻，他的心里也乱得很。

未曾表白就已结束。那短促的爱，准确点儿说，不过是一场一厢情愿的暗恋，却依旧难以割舍。此后，她便挥之不去地占据了他心灵的一隅。

研究生毕业，他如愿地进了一所高校的宣传部。这期间，许多人给他介绍女朋友，他也认真地去相亲，去恋爱，却怎么也找不到爱的激情。渐渐地，他对爱情变得淡漠，将更多的精力投入工作当中。与爱情之路相反，他的事业一帆风顺，蒸蒸日上。很快，他就成了那所大学里最年轻的副处长。

偶尔，他会接到她的电话，听她讲自己的生活经历。间或，他插一两句自己的感受，更多的时候，他只是一个倾听者，她似乎也只是向他倾诉一下，并不期望从他这里得到什么。

只是，他经常想起她的那些遭遇，尤其是一想到她那至今仍如温吞水一样的婚姻，他的心里便隐隐生疼，那说不出的疼，皆与她有关。

逢了节日，他也会送上温暖的问候。她内心的感动，他看不到，却能感觉到。

转眼间，两个人没见面三年了，她的一颦一笑，仍清晰地印在他的脑海里，她的苦辣酸甜，他知道很多很多。好几次，他想约她出来坐坐，但最终没付诸行动。他苦笑：相见又如何，只怕是一重伤感再握一重伤感吧。

那天，他在图书大厦一楼，猛一回头，瞬间呆住：不过是隔了一千多个日夜，她的变化竟那么大，那装束，那眼神，那气质，全然不是他记忆中的样子。原来，她还是瞒了他许多，只因她不想让他有太多的牵挂和担忧。

坐在临街的咖啡屋，她抚弄那个精致的杯子，耳畔响着轻柔的钢琴曲。面对他满脸的惊诧和急切，她告诉了他另外一些从不愿向人提及的遭遇：她丈夫有外遇了，她像许多女人那样哭过闹过，但无济于事，就在她提出分手时，他却中了情人的美人计，私自挪用公司的巨款炒股，造成不可挽回的经济损失，被判入狱四年。一夜之间，他们倾尽全部的家产，仍欠公司一百多万元的债务。这时，她的丈夫才骤生悔意，愧疚地说任她怎么抉择他都无话可说，只要她愿意，只要她能够幸福。

"还能怎样呢？毕竟他是孩子的父亲啊！"她怒其不争地叹了口气。

等待丈夫洗心革面，或许不是她眼下最好的选择，但不这样她又该如何？他无法给她指出一条更好的道路，只是安慰她想开一些，相信经过这么多的曲曲折折，一切都会变得好起来。他这样说着，不敢抬头与她对视，生怕她一眼看穿了他内心的纠结。

只是，从那以后，他给了她更多的关心。他向她推荐了很多好书，帮她查了好些关于怎样做一个好妈妈的技巧和秘诀的资料，还通过同学的关系帮她调了一份更轻松的工作，甚至专门去探望了她服刑的丈夫，劝他一定不能再让她心灵受伤了……他那样心甘情愿地做着自己认为该做的事情，没有感觉丝毫的辛苦，只有欣然。

她感动地问他为什么待她那样好，他淡淡地说了两个字：心疼。

他没说出的是——因为爱，所以心疼。在他爱上她的那一刻，她所有的不如意，便都牵动着他的心。他愿意分担她的痛苦，即便早已清楚今生与她无缘牵手，他仍愿意默默地为她遮挡一些生活的风霜雪雨，只希望她能够站在幸福的中央……

再后来，他听了她的话，与她介绍的一位空姐恋爱并结婚了。而她在向他的妻子祝福时，不无羡慕地说了一句："最懂得心疼的两个人，你们的幸福装不下的时候，一定想着分给朋友一些啊。"

他和妻子一同笑着点头。

因为爱，所以心疼。因为那份真，那份纯，他的心疼禅意芬芳，地久天长。

爱你，在那个不能逾越的距离上

虹影从外国语学院毕业后，在海南当了两年的导游。然而和相恋了五年的男友岛子就要谈婚论嫁时，因一场突如其来的变故，两个人毅然地分手了。

那是她刻骨铭心的初恋啊，带着那颗受伤的心，她黯然地离开了那座温暖的城市。

虹影来到了北京，凭着天生的慧心，轻轻松松就打拼出一片让许多人羡慕的天地，做了法国一家化妆品公司在中国的总经销商。

虹影给人最初的印象是“新潮”，她对时尚的东西很有感觉，加上她手头宽绰，衣着服饰和生活方式相当前卫。可熟悉的人都知道，她骨子里浸润着一份无法割舍的古典情怀，这让她注定无法成为许多报刊中大肆渲染的那种“另类女人”。她最知心的闺密称她是“矛盾女士”，她笑着表示默认。

她接触的男人很多，比曾经执手相握的岛子优秀的也有，她也曾动心过几次，可最终都主动中途告退了。坦率地说，她是一个宽容的人，不会过多地苛求别人。她那让人有些猜不透的心思，让她一次次地错失了良缘。久而久之，她在爱情的道路上也就释然了，真的相信了那句话——最美的爱情是一个浪漫的童话。

那个阳光灿烂的午后，在临街的一家布置得极有情调的咖啡屋里，虹影邂逅了陈非。

那天，陈非约好了一个朋友，可左等右等不见朋友的身影出现，他急得直搓手。坐在对面桌上的虹影，先是好奇地打量了他几眼，慢慢地竟蛮有兴趣地像对着一件艺术品似的欣赏起来。在陈非终于下定决心要离开时，她走了过去。

于是，他们认识了。浅浅的交谈中，她得知陈非正经营一家很小的音像商店，他约会的朋友答应借他两万元周转资金，他在这里等着对方。

当下，虹影轻轻的一句“我可以借你”，让陈非惊讶万分。他望着她，以为自己的耳朵出毛病了。没想到她当时便拿出一张空白支票，唰唰几笔填完，交到他的手中，然后微笑着解释道：“不因为什么，也许是缘分吧。”

后面的程序就很有些落俗套，陈非先是约她出来吃饭，后来她又开着自己漂亮的红色跑车，拉着他到郊外兜了两次风。再后来，虹影参观了陈非狭窄而又别致的小屋，在一大堆书中，她惊讶地发现了陈非写的两本诗集。陈非解嘲地说：“要不是因为写诗，我的生活可能不会搞到如此狼狈的地步。”

可虹影却因此更加自信自己没有看走眼，内心对陈非又多了几分好感。她凭着女人的直觉，感觉陈非是一个有着浪漫气质的男人，早已厌倦了那些功利心极强的世俗男人的她，觉得他们之间应该有点儿故事，而且是那种带着罗曼蒂克色彩的。

事情的发展，和虹影设想的步调一致，很快两个人便成了无话不谈的亲密朋友。陈非的话语不多，却很幽默，在她面前常有些精彩的超水平发挥。她经常高兴地坐在他面前，看着这个昔日曾让家乡父老自豪、而今有些落魄的东北汉子，像个孩子似的描绘着灿烂的远景。她偶尔夸奖似的鼓励一两句，让他更加信心十足。

转眼间，两个人愉快地交往一年多了。虹影生日那天，两个人又来到了他们相识的那间咖啡屋，在柔柔的音乐声中，陈非拿出一枚非常漂亮的钻石戒指。

虹影笑了：“你相信真的有地久天长的爱情？”

“我们不可以演绎那样的爱情吗？”陈非的诗人风度又上来了。

“我能够接受你的爱，我也会给你爱，但却不能给你一个承诺。”虹影的眸子里闪过一丝忧郁，很快便微笑着掩饰掉了，她不想破坏陈非的好心情。

“为什么？难道你担心我会……”陈非实在猜不透虹影的心思。

走出那间咖啡屋时，陈非说了一句自己也没悟透的话——我们的感情就像一杯咖啡。

后来，两个人又因为感情这个敏感的话题争论了几次，谁都没有说服对方。陈非奇怪地发现：虹影真是一个怪怪的女子，是一个看不透的女子，明明她真的很爱他，也知道他很爱她，却不肯和他步入婚姻的殿堂。她曾向他坦白过自己的情感经历，他也没有隐瞒自己那段没有结局的伤心爱情。两个人的关系明明已到了无话不说的地步，可似乎总还有一段距离横亘在两个人中间，让他们的爱徘徊着，难以朝更深处发展。

陈非的生意一天天好起来了，他再次鼓起勇气，请求虹影嫁给他。他说他已不再是那种靠梦想生活的男人了，他太渴望有一个家了，尤其是与虹影这样无可挑剔的女子结合成一个家，他相信肯定会非常幸福的。但虹影偏偏什么都可以给他，就是不肯给他一个家。

那天，参加完一个朋友的婚礼回来，陈非再次向虹影求婚。

虹影说："你怎么也那么世俗起来了？只要我们爱着，不是比什么都重要吗？"

"难道结婚就是世俗吗？不要婚姻的爱情能走多远？"陈非不无担忧。

"能走多远那就看缘分了，如果你遇到了比我更好的女人，我可以退出。"虹影似乎很洒脱地说着。

"哦，你的爱是有保留的。"陈非望着虹影的眼睛，像看一个陌生人似的。

“我想你也是，并且也应该有所保留，完全交出了自己，那不叫爱，那叫牺牲。”不知道虹影的爱情逻辑怎么会是这样的，似乎没道理，却又令人难以辩驳。

不久，虹影因为公司的业务问题，去了一次法国。在法国的三个月间，她给陈非打了几十次电话，简直跟深陷爱河的恋人没什么两样。回到国内，她和陈非的关系一如从前。

终于，在秋天的某一天，陈非告诉虹影，他要和一个暗恋他多年的高中同窗结婚了。

那一刻，虹影怔怔地看着他，好一会儿，才忧伤地说了一句：“你还是走了。”

陈非怀着最后一丝的侥幸，追问她：“如果你同意，我们还可以……”

“什么也不用说了，我说过我只能给你爱，却不能给你一个承诺。”虹影急急地走进了裹着凉意的秋雨中，不知道泪水为什么流得那么多。

听说，陈非婚后的生活很美好。而虹影又去了上海，至今仍抱着感动自己的浪漫的爱情梦幻，在那个商业高度繁荣的大都市里行走着……

雷克雅未克，谢谢你赠我一场空欢喜

很偶然地，在一位摄影师朋友那里，望着那一张张圣洁得近乎天堂般的雷克雅未克的照片，他整个灵魂都被震颤了。

当得知自己被公司派往哥本哈根工作一年时，他简直是欣喜若狂了。刚将手头的业务处理完毕，他便急不可耐地买了飞往雷克雅未克的机票。

在举目尽是欧洲人的候机大厅里，来自中国的他似乎很孤单，但他慢慢地品着一杯绿茶，心情明媚得一如窗外的阳光。

旅途中的艳遇，是他从没有想过的，尽管喜爱文学的他，血液中并不乏浪漫的因子。当高挑、白皙的她坐在他对面，冲他微微一笑，一句地道的汉语，让他猛地一惊，恍若某部电影中的场景挪到了眼前。

他问她的汉语怎么会说得这么好，她告诉他，她有好几位邻居都是从中国移居过去的，她与他们都成了无话不谈的好朋友，因此对中国有了不少的了解。

她慢慢地搅动那杯黑咖啡，黑亮的眼睛闪烁着热诚，她的名字叫伊雅，是维京人的后裔。他对维京人的历史知道一些，对那个喜欢冒险、喜欢将生活过得丰富多彩的种族，有着一种难以形容的敬慕。

伊雅问他在雷克雅未克是否有朋友，他摇头，她便笑着说："那太好了，我可以做你在冰岛的第一个朋友。"

"好啊，这样我就不孤单了。"他很欣然地回应她。

"冰岛最美的是什么？"虽然已经在网上了解了冰岛的许多名胜古迹，清楚自己此行必看的重要风景，他还是想从她这里获取一些更新鲜的信息。

"当然是冰岛的人了。"她毫不掩饰的骄傲，不仅写在了眉宇间，也洋溢在她的语调中。

是吗？原以为她会告诉自己一些熟悉或陌生的风景呢。伊雅却说，是因为最美的冰岛人，才让那些风景神奇美丽起来。

"那我应该感谢上苍垂青，让我结识了你这样一位美女朋友了？"她一脸孩子般的认真，令他有点儿陶醉。

"当然了，我也很喜欢你这位中国朋友。对了，今天正好是圣诞节，我带你去参加一个聚会吧，保证你会玩得很开心。"伊雅热情地向他发出邀请，他爽快地答应了，因为她眸子里闪烁的，是不可抗拒的迷人的光波。

那晚的聚会果然热闹非凡，一大群青年男女先是在屋子里，且饮，且歌，且舞，接着又跑到亮如白昼的室外，在空阔、柔软的雪地上，相互追逐着，忘情地嬉闹，像黑白片里遥远的乡村童年记忆，撩起他的思绪，飞向一片片洁净的世界。

“怎么走神了？”面颊上滚着汗珠的伊雅跳到他面前，伸手将他又拉回到快乐的人群中。

真是太开心了，刚才喝的那两杯红酒，这会儿在发挥作用了，他兴奋地敞开歌喉，来了一曲声情并茂的《敖包相会》，引得一片热烈的欢呼。伊雅兴奋地在他额上吻了一下，夸赞他唱得太棒了。

一直闹到午夜时分，他才想起要去在网上预定的旅馆休息。这时，伊雅说：“别去旅馆了，我带你去一个好地方吧。”

于是，他上了伊雅的车，朝郊外驶去。公路上的积雪被清理得很干净，但那雪下得实在太大了，公路的两旁是几米高的雪墙，车子仿佛是在雪巷中行驶。

大约半个小时后，车子停在市郊的一栋别墅前，别墅几乎被皑皑白雪淹没了。

伊雅掏出钥匙，他很惊讶，她笑着告诉他，这是举家到地中海度假的朋友借给她的，这么多房间，他可以随便住。说话间，她打开储藏室，搬出一大堆吃喝的东西，两个人坐在餐厅，又畅快地举起杯盏和刀叉。

酒酣胸胆尽开张，他和伊雅畅快地边饮边聊，仿佛久别的知音，彼此眼睛里都澎湃着无须言语的渴望。很自然地，他们翻滚在一起，欲仙欲醉地沉迷到一个仿佛只有两个人的世界。

伊雅奔放的身子和温柔的话语，一次次点燃他沉寂的激情。尚未热恋过的他，突然希望时光就此驻足，他与伊雅能一直这样缠绵下去。

躺在他的怀中，伊雅说她第一眼看到他，就喜欢上了他，甚至想和他生一个黑头发黄皮肤的孩子。

他兴奋地说："那你就嫁给我吧，帮我生一个'海盗'的女儿。"因为伊雅说过，维京人的祖先就是海盗，特别喜欢刺激，喜欢把生命的本真张扬得酣畅淋漓。

"我们现在这样不是很好吗？你和我一样，与喜欢的人一起做快乐的事情，别的什么都不用关心。"伊雅柔情似水地望着他，一副很陶醉的神态。

那真是一段神仙眷侣般的好时光，他和伊雅随心所欲，尽情地玩乐，储藏室里有充裕的食品，伊雅做的马哈鱼子酱和红豆馅饼，味道实在好极了。

走出别墅，雪花纷扬的雷克雅未克简直就是一个童话般的世界，那一排排小巧玲珑的房屋，风格各异，色彩各异，美得令人目不暇接。

来到市东南的一个著名的地热温泉——蓝湖，他与伊雅泡在暖融融的湖水中，相互往身上抹着养颜健体的矿泥，百念俱散，眼睛里只有这大自然赐予的辽阔的温馨。洁白的雪花在暖暖的热雾中飘着，未等落到身上就变成了温润的水滴，那份惬意真是难以形容。

黄昏时分，他跟着伊雅登上了雷克雅未克市的标志性建筑——珍珠楼，站在那高 25.7 米，占地 3700 平方米，顶部为半圆形玻璃穹顶设计，由 1176 块玻璃格组成，在阳光的照射下闪烁着光芒，酷似珍珠的楼内观景平台上，他陡然有了一种置身于星空之下的感觉。

第三个晚上，他站在别墅的亭台上，惊喜地看到了美丽无比的北极光。在那淡绿色中间夹杂着粉红的光，横跨苍穹，宛若无与伦比的绸缎，妖娆得令人震颤，与他在别处所见迥然不同。

一周的幸福时光转瞬即逝，他恋恋不舍地与伊雅道别，说他回去后会想她的。她妩媚地一笑，祝福他能遇到更美的朋友，他说不会再有比她更美的。伊雅却说，像他这样追逐自然风光的人，应该懂得更美的风景，始终都在路上。

分手那天，天空又出现了北极光，这一次是橙红色的，披散着，有些凌乱，像他百感交集的心绪。

回到哥本哈根后，他开始了一段极为忙碌的日子，但他的脑海里常常会浮现出伊雅的身影，耳畔似乎还萦绕着她温润的香气。当他终于拨通伊雅的手机后，并没有听到想象中的欢喜，甚至在他一再提醒后，她也只是淡然地寒暄了几句便挂断了，半个月前那亲密无间的相逢，仿佛是一次自然降临的北极光，已消逝得难觅踪影。

可是，他的心弦还是被拨动了，犹有不甘地希望与她再次邂逅。几天后，再打电话，竟被告知她的那个号码已停止使用。就像从前，他与她，仍是陌路人。

伤感，一次次地弥漫心头，他虽然知晓维京人喜欢新奇和未知的性格，知道他们喜欢冒险和创造，喜欢把生命搞得像“一次传奇”，但他仍无法从心底割舍那次快乐的相逢。一位作家说“冰岛是地球上最美的一道伤痕”，一次次的怀恋，便是他在欲罢不能地往伤感中撒盐。

后来，他又多次去了冰岛，去了雷克雅未克，去了周边的很多地方，甚至还去了那栋令他魂牵梦萦的别墅，但他再也没有遇见伊雅，好像她真的如玩笑里说的那样，她去远方做了一个“抢劫幸福的海盗”。

归国后，他娶妻生子，职位越升越高，收入越来越多。风平浪静的日子，让身子也开始发福了，旅游的热忱也已一落千丈。

那天，看到电视上那个沉浸在初恋中难以自拔、寻死觅活的年轻女子，他猛然想起了伊雅，想起了她临别的赠言——在茫茫的人海中遇见，彼此说了最知心的话，做了最开心的事，而后天各一方，仍是陌路，了无牵挂，这样最好。

伊雅说得很对，彼此都在走着自己的路，有幸相逢，应该感激和珍惜，而分开，亦不必过分地伤感，因为还要轻松地赶路，还有未知的遇见在前面等着自己。

雷克雅未克，谢谢你赠予我一场刻骨铭心的空欢喜。

只想与你暖暖地在一起

1

漫天飞舞的雪花，都是献给北方冬天美丽的礼物。走进林海雪原上的“威虎山影视城”，她的欢喜刚刚持续了不到一天，便被来自西伯利亚的一股更为强烈的寒流袭扰得涕泪横流，几欲倒下。然而，她现在无论如何都不能倒下，因为她好不容易获得这样一个只有五分钟戏份的角色，说什么也要挺住了。

仿佛一场精心设计的剧情，他迎面朝她走来，在瑟瑟的冬日里，惊喜地站到她面前。

两个人紧紧地相拥着，她仍有点儿不敢相信，以为自己是在梦里，是高烧导致的幻觉。

他被冻得有些冰凉的手，抚过她滚烫的额头，满怀的心疼："丫头，感冒这么厉害了，怎么还硬挺着？"

"谁叫你不早点儿来呢？"他的那一声"丫头"，叫得她心里亲亲的，就像小时候两个人拉着手走过长长的夜路，她一点儿都不感到害怕。

"其实，一听说你要随剧组来到冰天雪地的黑龙江，我就担心你适应不了这里的气候。"他一脸的关切。

"我又不是什么大小姐，哪里有那么娇贵？"她虽说自幼生长在江南水乡，但作为一名最普通的"京漂一族"，为了能进一个剧组，哪怕只当一个路人甲那样的群众演员，她都愿意付出别人难以想象的艰辛。这两年来，她吃的苦、受的难，简直难以计数，北方的寒冷又算得了什么？

"可是，看着你这生病的样子，我心疼。"他为她削了一个苹果。

"这话我爱听。"她执意要把苹果切开，一人一半，因为分苹果，就是分平安。

听她说出那么美好的寓意，他便与她一起，对坐在那张木板床上，美美地吃了起来。

"要不然，等这部电视剧拍摄完了，你还是跟我回杭州，一起经营那个婚纱影楼吧。我姑姑说还要给我投资，要把它打造成杭州城知名的影楼。"他再次向她提议。

"不，我就是喜欢当演员，这是我一生要追逐的梦想。"在最艰难的日子里，她也曾动摇过，但熬过来了，她现在似乎看到了一些成功的希望。

“真是一个倔强的丫头！”他柔情满怀地嗔怪了一句。

她的心里暖暖的，欲言又止。这么多年来，他一直迁就她，甚至一度放弃经营姑姑专门为他投资的影楼，跑到北京，陪着她寻梦。若不是母亲流着泪苦苦哀求，他还不肯离开京城。

2

没想到，昨天还虚弱得几乎走不动路的她，第二天就又像往常一样生龙活虎了。

他兴奋地说：“看来我熬的鸡汤，比什么感冒药都管用啊！”

“那是啊，那不是普通的鸡汤，而是美妙、神奇的心灵鸡汤！”她红润的脸颊上漾着明亮的幸福。

“那我就不走了，天天给你熬鸡汤。”他受了她好心情的感染。

“有你陪在身边，没有鸡汤，感冒也会被吓跑的。”她拿出闲暇时为他搜罗的各种奇形怪状的石头。

“这个最漂亮！”他抚摸着那颗心形的鹅卵石。

“那天去查干湖拍外景的路上，车突然抛锚了，我下车后，一个人在附近转悠，就遇见了它。”她一脸的得意。

“说说你拍片过程中那些好玩的事情吧。”

这个话题，一下子就打开了她的思路。还记得第一次，她跟着老乡在北京租住在一个阴冷的地下室，苦苦地等了三个月，兜里只剩下不到一百块钱了，之后她终于等到了一个没有一句台词的群众演员的机会，每天的报酬是三十元，外加一顿盒饭。去剧组报到时，她兴奋得心怦怦直跳，好像自己一下子当上了主角。她拍戏很投入，自作主张加的两个动作，居然受到了执行导演的夸赞，让摄影师还特意给了她一个长镜头。

还有一次，她遇到一个草台班子，辛苦地拍了十多天，却没拿到一分钱的报酬。同去的群众演员都愤愤地咒骂那个剧务是大骗子，她却释然地在心里安慰自己：林子大了，什么鸟都有。就当是多彩排了几回，犯不着生气。

当然，在没戏可拍的日子里，她也没荒废了时光，而是找了许多关于表演方面的书籍，很认真地研究起来。她始终坚信，只要自己肯用心，能耐心地等待，机会总会有的。

最让她开心的是，她顶替那个家里突发变故的配角，在那部古装剧里，第一次拍了场有二十多句台词的戏，让她体会到了一种当明星的感觉。尽管那部戏，至今尚未播出。

3

他真的留下来了，他说要第一时间欣赏一下她演的抗联女战士。

一月的林海雪原，天寒地冻，尽管穿了厚厚的棉衣，在风雪中待上一会儿，还是会冷得浑身发抖。常常是几个镜头拍下来，他赶紧跑上去，给她披上新买的加长羽绒服。

有演员逗她：“你很厉害啊，现在就有跟班的啦。”

她有些不好意思：“他是我哥，他就是想看我拍电视剧。”

“别解释了，瞧你俩那眼神，多幸福的一对啊！”

她就不再解释了，任他们打趣，心里满是欢喜。

踩着厚厚的积雪回驻地时，两个人故意落在最后面。她拉着他的手，撒娇道：“真好，有你陪着拍戏，寒冷的冬天也变成温暖的春天了。”

“我还想陪着你走一生呢。”他拂去她肩头的雪花。

“我也愿意！”从小就在一起玩耍，她当然懂得他。

“要是我不陪你拍戏，你会想我吗？”他轻轻地捏了一下她的手。

“不会，我只会想那个给我温暖的男人。”她故意装作严肃认真地逗他。

“坏丫头，我叫你想别人。”他猛地将她拉到怀里，紧紧地抱住她，用带着胡子的下巴扎她的脖颈，直到她大喊着求饶。

其实，在他回杭州的那段日子里，她一直有一种沉沉的失落感，她不止一次地问自己：是不是自己只顾个人的欢喜的选择，有些太任性了？如果演戏和嫁给他，两者最终不能兼得，自己究竟该怎样抉择？思来想去，最后的答案居然是，她一定要努力，好好地演戏，让他这一辈子都不忍心离开自己。

4

一个月紧张的拍摄结束了。

剧组要解散了，一缕伤感涌上她的心头，他变戏法似的，拿出两张机票："走啊，我们回家省亲去。"

她乐了："啥时候订的机票啊？你怎么记得我的身份证号码？"

"你不说要和我暖暖地在一起吗？我要经常给你温暖啊。"要回家了，他好激动。

在飞机上，她忽然不无担忧地问他，若是他的父母依然不接受她这个在外面风风火火地等着拍戏，至今还没什么名气的女友，该怎么办。

他说他们会喜欢上她的，只是可能需要一段时间。他这样说着，明显有些底气不足。

没错，她所言，的确是他们必须直面的一个棘手的问题。自从她做了"京漂一族"，他的父母对她的好感就一落千丈。他们眼里熟悉的乖乖女，忽然间变成了一个令人难以接受的"潮女"。其实，连她的父母也一直不能理解女儿，为何辞掉那份还不错的工作，自讨苦吃地去当什么朝不保夕的演员。

然而，任谁来劝导也没用，她是铁了心，非要在自己认准的演艺道路上走下去，不管前面有多少荆棘，有多少陷阱。

这两年春节回家，她明显地感觉到了父母的苍老。她知道，那是因为他们心里牵挂她，担忧她一个女孩子在外面闯荡，却又无可奈何。

而当他小心翼翼地向父母提及她时，父母直截了当地回答他："咱们家要娶一个安稳地过日子的贤惠媳妇，不能娶一个在外面瞎折腾的演员。"

他解释说："那是她的理想。"

父母坚定地告诉他："没有人拦着她理想，好女孩有的是，我们家还有我们家的理想呢。"父母说得有一定的道理，他一时无法给出有力的反驳。

5

见到她越发瘦削的面颊，母亲心疼得直落泪，父亲叹口气，什么也没有说。

望着父母那日渐斑白的头发，她真切地感受到时光的无情。她只挑自己经历的那些有趣的事情讲给父母听，就像她平素在电话里，始终坚持报喜不报忧。

看到父母那似信犹疑的样子，她心里便多了一份难言的苦涩。毕竟，儿行千里母担忧，无论她一个人在外面多洒脱，父母都无法释然。更何况，她至今尚未取得令父母欣慰和自豪的成就。

补偿似的，她抢着干各种家务活儿，拼命地找快乐的话题，逗两位老人开心。朋友约她出去聚会，她能推就推了，她只想着做一个乖乖女，多陪陪父母，哪怕仅仅是陪着他们闲聊。

怀着十二分的忐忑，她怯怯地去拜见他的父母。

两位老人对她不冷不热，礼节上把握得很有分寸，她挑不出什么不妥。但敏感的她，还是很容易就察觉到他们无可挑剔的客气，已明确地表达了对她的谢绝。

他一再安慰她，她却分明意识到她再也回不到从前了，自己再也不会是他父母当年喜爱的那个聪明懂事的小姑娘了。

他每天都忙碌着经营影楼，他去陪她拍戏的那一个多月，影楼的生意很是受了一些影响，姑姑狠狠地训斥了他一顿，说他是一个大男人，应该首先考虑自己的事业，而不是感情问题。

他默默地点头，明白姑姑的一番好意。

两个人住得不远，却很少有时间见面，大多是通过短信或 QQ，就像她仍在外面漂泊着。

尽管她能明显地感觉到他的真爱，她也深爱着他，可是，总有一缕缕的苦涩不时地涌上心头，这让她想起一句爱情箴言——最深的爱，注定有太多的忧伤。

6

离正月十五还有三天呢，突然接到在北京合租的好友的短信，她立刻收拾东西，要马上赶到横店影视城，因为好友推荐了她，一位副导演急着要她过去试镜头。虽说，依然是一个很小的角色，但机会难得，她不能错过。

“非要走吗？”走到车站了，他的眼神里还流露着柔柔的不舍。

必须要走的，父母留不住她，他也留不住她，没有谁能留住她。她像中了迷人的蛊，只要有拍戏的机会，就会欣然前往。

这一走，也许她的人生会是另一番景象，包括她与他的情感。没买到卧铺，她坐在拥挤的硬座车厢里，看着形形色色的旅客，想着自己这些年来的苦辣酸甜，蓦然，眼角一阵灼热。

但愿下一站，自己能够遇到更多的幸福。她擦擦湿润的眼角，在心中暗暗地安慰自己：挺住，面包会有的，一切都会有的。

只是，这一回她遇见的，又是不陌生的一幕：一见面，那个色眼迷离的副导演，便肆无忌惮地将咸猪手朝她胸前摸过来。急切之中，她挥手打了他一记耳光，也打掉了一次机会。

她清楚，在演艺圈里面有许许多多的潜规则，最简单的一条就是，要想早日“有位”，就必须得先“出位”。然而，她偏偏不信邪，坚持洁身自好，不向任何潜规则低头。

见到她黯然回来，同室的好友说那个家伙虽然好色，但还是挺有才华的，人也很仗义。

她就像第一次遭遇莫大的侮辱一样，朝好心的室友大声喊道：“看到他那个色狼的样子，我就恶心，宁肯接不到戏，我也不会跟这种人扯上关系。”

室友感觉她有些不可理喻，张张嘴，最后还是什么也没有说。

室友一次获得了两个配角的机会，因为她明白了游戏规则：要想有收获，就得先付出。

7

那一个多月无戏可拍的日子，是那样的漫长苦涩。

每天，她都要花费大量的时间四处寻觅可能的机遇，然后就是焦虑地等待。就在她几乎要崩溃的时候，他又突如其来地站到她面前。

“不在家里好好管理影楼，来这里干什么？”她的眼泪不争气地落下来。

“来陪陪你啊，你不是说最喜欢和我暖暖地在一起吗？我这次回来，就不打算回去了，你到哪里，我就跟到哪里，不离不弃。”他轻轻地抚着她的秀发。

“真的？我现在太失败了，不值得你牺牲那么多的。”她内心充满感动，又有一点儿愧疚。

“真的，我已经跟姑姑说好了，影楼让我的表弟去管理。我跟父母也说了，不管他们如何反对，我今生就跟定你了，苦着你的苦，乐着你的乐，只要能够跟你在一起就是值得的。”他十分认真地说。

“你这个小傻瓜！”她破涕为笑。

“我傻，你以后就不要欺负我了，要多多心疼我。”见她心情好了，他很开心。

“遵命。我绝对让你这个温暖我生命的小傻瓜，无法从我的身边走开。”这一刻，她感觉自己是世界上最幸福的人了，那么多的不愉快，都已随风飘散。

他在她住的附近找了一份比较辛苦但收入不多的工作。他笑着说，他挺满意的，能经常看到她，还能陪着她一起寻梦、圆梦，就不再奢求别的了。

接下来的日子里，她忙着到处找拍戏的机会，结果却总是失败多于成功，偶尔才能接到一个不起眼的小角色。每当她沮丧的时候，他总会鼓励她，跟她讲某某明星当年更为坎坷的成功之路。他说他相信她，说她总会有一天梦想成真的。他用自己赚来的钱，为她买衣服，请她吃西餐，陪着她看国外大片。那天，他陪着她去美容院里，做廉价的皮肤护理，他愧疚地说自己将来要赚更多的钱，让她留住最美的青春容颜……

又是一年将逝，她仍是那个茫茫人海中无人知晓的群众演员，戏里戏外的各种人生，她却一一仔细地观察到了，体验到了，思考过了，她蓦然发觉——自己在苦苦地寻觅和执着地追求中，最大的收获，就是来自他的那份纯纯的真爱。

那个飘雪的早晨，她为他围上亲手织的红围巾，牵着他的手，满含深情地说："我决定了，这回我要倒过来，选择跟着你走，你去哪里，我就去哪里，一生一世……"

"为什么？难道我做错了什么？"他惊愕于她突如其来的改变。

"因为爱，因为我想和你暖暖地在一起，不想让我们继续在别人的城市里漂泊……"她紧紧地依偎在他的怀里，感受着他那强有力的心跳。

“好！我和丫头一起回家，一起去演绎我们的浪漫爱情剧。”他幸福地吻着她。

纷纷扬扬的雪花，飘落在他们的肩头。他和她紧紧地相拥在北京的街头，任滚滚车流、人流从身旁经过，他们的眼睛里和心里，满满的，都是绵绵的温暖……

有些婚姻就是熄灯

遥远的距离，并不一定能够妨碍两颗心的亲近。

彼时，他与她，一个身处中国的最北端，一个身处中国南部的一个小渔岛，中间隔着无数的大江大河。因为一个误打误撞的漂流瓶，居然让两个原本毫无干系的陌生人，上演了张爱玲那段经典的爱情告白——于千万人之中遇见你所遇见的人，于千万年之中，时间的无涯荒野里，没有早一步，也没有晚一步，刚巧赶上了，那也没有别的话可说，唯有轻轻地问一声："哦，你也在这里吗？"

自此，爱如春天的野草，一场春风、一场春雨过后，便不可阻挡地蓬蓬勃勃生长起来。

当然，这要感谢电话、MSN、电子邮件等各类现代通信工具，它们帮助他和她将天涯瞬间就变成了咫尺。

生活里本来十分木讷的他，在网上和她聊天时却常常滔滔不绝，有时甚至还会妙语连珠，连他都惊讶于自己不错的口才了。

而她，一个典型的多愁善感的小女子，有着总是挥不去的“才下眉头，却上心头”的无尽烦恼。一而再，再而三地说给他听，他居然有充足的耐心倾听，还能帮她分析情况，查找原因，出主意，找对策，堪当最佳的心理专家。

大概是许久没人愿意停下来，听她祥林嫂似的絮叨了，终于碰到了他，她自然像溺水的女子，死死地抓住了他这根救命稻草。何况，他的善解人意，是以前从未遇到过的，她心生欢喜，觉得遇到了知己。

而他，那会儿也寂寞着，碰到年轻、漂亮的她那么信任地向他倾诉心声，他大受感动，觉得自己有责任让她变得开朗起来。于是，师大教育学专业毕业的他，因她的突然出现，不再去论坛乱逛，也不上网斗地主，而是根据她的情绪“症状”，开始恶补各类心理学知识，然后现学现卖，效果居然不错。

就那样，在孤寂的午夜，他会早早地坐在电脑前，等着她像一条深海里的鱼在那一端浮上来，两个人隔着千山万水，却仿佛在促膝交谈。

很自然地，他们相爱了，感情日渐升温，终于炽烈起来。

炎炎夏日，她患了口腔溃疡，医生说上火了，开了一大堆药，却不见效。他适时地邀请她：“要不然，你来我这里吧，这里冬暖夏凉。”

她竟恍然觉得齿间有了些许的温润，疼痛也缓解了许多，问他：“如果我想留下来，你愿意一辈子收留我吗？”

他斩钉截铁：“当然，我会永远爱你，就像现在。”

哦，不能再等待了，她要跨越距离的屏障，赶赴心中渴望的约会。

转了两次飞机，转了火车，又坐了五个小时的长途客车，她终于站在了他面前。

热烈地拥抱，激情地接吻，两个欲望剧烈燃烧的人，不管不顾地融成了一体。

然而，像许多老套的故事一样，紧紧缠绕的身体待激情退却后，一点儿点儿地凉了下来。更可怕的是，彼此的心也急速地凉下来。他们不约而同地发现，对方身上都有着自己无法容忍的龌龊和不堪。

于是，短暂的亲密相处像一阵突然登陆的台风，将两个人憧憬的婚姻吹得摇摇欲坠，他们只得选择逃离。

此后，他们偶尔也在网上搭讪两句，但已没了从前的自然和热情。渐渐地，两个人都索然冷淡下来，再后来，便又成了陌路人，仿佛爱情从未发生过。

原来，与其说那是一场无疾而终的爱情，不如说是身体寂寞和心灵寂寞的两个人彼此的一次自我抚摸。一个人在寂寞的时候，很容易爱上，但寂寞中的爱往往是靠不住的。

正如作家叶倾城所言：“爱若是钻石，婚姻便是熄灯。光与影刹那逃离，掌中所握不过是一颗凉浸锐利的石头。”有些爱情，是易碎的瓷器，只能一个人把玩，两个人很容易碰坏。

第四辑

谁都配得上那些美好，只要愿意

只要你愿意低下头来，你就很容易看到：沼泽地里也有缤纷的花瓣，低矮的草屋里也有温暖的相拥。只要你愿意听从心灵的召唤，愿意多给生活一分的爱，就一定会收获十分的美好。

他依旧

她是一位慈眉善目的老人，八十多年的风风雨雨过后，她成了那个儿孙满堂的大家庭里最年长的老人。

她的夕阳岁月，是平和的、温馨的——每日里，在庭院里浇浇花，到公园里散散步，或被儿孙们领着逛逛街。一览无余的幸福，绽开在面颊那深深的皱纹间。

偶尔，她会遗憾地慨叹一两句：“傻瓜，走那么早干啥？还有那么多的好日子没享受呢。”

她嗔怪的“傻瓜”，是她死去的丈夫，他在五十五岁那年，被一次车祸夺去了生命。那天，他本没有打算回家的，突然决定挤上那台严重超载的货车回来，他是想给她一个惊喜，因为那天是他们的结婚纪念日。

捧着那枚沾着丈夫鲜血的红发卡，她哭得昏厥过去。两天里，她粒米未沾，一个人呆呆地坐在屋子里，纷纷往事不邀而至。

其实，她当初嫁给他是不情愿的，很有些被侮辱的色彩。姻缘的开启，缘于一次酒宴，她的父亲与他的父亲打赌输了，一向温顺的她，便成了父亲一诺千金的赌注。

她也曾流泪抗争过，最终，她还是没能拗过父亲这个说一不二的倔强男人。

既然嫁了，就和丈夫齐心协力地过日子吧。她的勤快、大度、坚忍等一系列的优秀品质，很快就显现出来。自然地，她赢得了他家里家外的一致赞赏。丈夫待她也好，很心疼她，虽然生活始终拮据着，却不妨碍他们恩恩爱爱，将清贫、朴素的日子，过得有滋有味。

丈夫去世后，身子柔弱的她硬是撑起了那个大家庭，伺候公婆安享晚年，操持儿女的婚嫁，照顾孙辈，直到八十岁了，大家的生活都好起来了，她才开始清闲下来。

八十五岁那年，她突然中风失语。如果不是她那天的一个反常举动，家人或许永远都不会知道，她心灵深处，一直刻骨铭心着另外一个男子。

那天，孙女在朗读杂志上的一篇文章，读到一个叫亚轩的名字，卧床多日的她，竟突然挣扎着坐起，急切地示意孙女把杂志拿给她。孙女疑惑地将杂志递到她颤抖的手上。她沧桑的手指轻轻地抚摸着文章里的那个人名，眼睛里闪烁着泪花。

孙女惊讶：祖母怎么了，为何她敏感于亚轩这个名字？

于是，孙女去问家里的长辈们，从大家零零散散的回忆里，孙女知道了她那段难以忘怀的情缘。

原来，在她十八岁那年，她的一位远房的表哥从省城来乡下串门，情窦初开的少女面对英俊的表哥，不禁情愫暗生。聪慧的表哥看到她那欲语还休的羞涩，也喜欢上了眼前这位清纯无比的表妹。

四目相对，两个人眼睛里流淌着彼此都懂得的深情。

只是，彼此尚未来得及表白，表哥便回省城了，临行前送她一方绣了梅花的白手帕，她赠给表哥的是一枚红色的纽扣。

后来，表哥去了国外读书，工作，定居，而她也嫁人，生儿育女。从此，她与表哥音信断隔，仿佛从未相见过。表哥的名字就叫亚轩。而这些，都已是六十多年前的旧事了，她从未提起过这些，似乎往事早已消逝如烟。

孙女陡然想起了白居易的诗句："老来多健忘，惟不忘相思。"读中文系的孙女明白了：祖母嘴里从未提起亚轩，但她心里却始终记得那位一面之缘的表哥，无论时光怎样流逝，他依旧是她心头抹不去的美……

那段往事，一直在祖母内心里深深地埋藏着，时过境迁，红尘滚滚，他依旧是她生命中无法割舍的记忆。而究竟什么是真爱啊？是她与丈夫相亲相爱的人间烟火味的那种，还是她与表哥无法言说的默默珍藏？

他依旧。爱依旧。

爱我，请不必赴汤蹈火

大学的写作课堂上，她向学生推荐诗人王妍丁的作品《手挽着手的幸福》，诗人赞赏的目光，对准了挽着手去市场买菜的一对老夫妻。她特别地渴望在爱情的旅程上，能够遇到那样一位始终与自己挽手，将一份柴米油盐的简单日子过得有滋有味。

有学生不以为然："那样的爱情太世俗了，一点儿劲儿都没有。"

到底是年轻啊！浪漫满怀的年纪，难免会看低这般似乎境界不算高的爱情。

我从不怀疑学生的天真，因为在我青春年少的时候，也断然不会喜欢这样的爱情。但如今，光阴的长河，已洗出了爱情的真实模样，我真的喜欢上了柴米夫妻般的爱情，那份不用雕琢的朴素与纯净，才是生命中最有诗意的感情。

一位沉浸在幸福婚姻里的中年女人深有感触地说："爱我，不需要他给我什么海誓山盟，更不需要他能为我赴汤蹈火，只需在我口渴的时候，他能随手递给我一杯凉白开；在我鞋带松开时，他能够愉快地俯下身来帮我系好；在我想要逛街的时候，他会扔下手里的遥控器，离开激战正酣的球赛，好脾气地陪着我东走西逛……"

我从她一脸的满足里，看到了一种叫幸福的东西，那么质朴，那么实在。

是的，如果爱我，就请与我一同过好每一个寻常的日子，一起挑拣一兜刚买回来的蔬菜，一起八卦某位明星，表扬我不算好的厨艺，给我讲一个新鲜的笑话，或者听我絮絮地唠叨一件喜欢的琐事……我们的爱，很简单，很俗气，却不乏情趣。

那是一个温暖的夏日的午后。

坐在门前老榆树的浓荫里，已经八十二岁的祖母戴着老花镜，又在慢条斯理地给祖父补那件似乎永远也补不完的衬衣。儿孙们都已无数次地劝过她："别补了，再买件新的好了，现在的生活条件好了，已经没人再穿带补丁的衬衫了。"

她则不依，说："老头子最喜欢穿我补的衣裳，这么多年了，一直是这样的。"

想想，也确实如此。大家太熟悉祖母为祖父缝补衬衫的情形了，仿佛她补的不是衬衫，而是一件极讲究的工艺品。她的那份认真、那份投入，让人无法不心生一缕敬意。

看着祖母又沉浸在一针一线的活计中，她那在报社工作、已发表了大量文学作品的孙子，再次禁不住好奇地追问起那个已问过好几次的问题："祖母，你跟祖父一起生活了六十多年，真的没有一个难忘的故事？"

看着总想从她这里挖出点儿动人情节的孙子，祖母笑笑，很爽快地说："我们可不像你们年轻人，竟是些花花绿绿的故事。没有，真的，一个难忘的故事我这儿也没有。"

不甘心的孙子又去问祖父，祖父的回答跟祖母的竟几乎一字不差。

于是，在灯下，孙子面对着祖父祖母那满面春风的照片，心灵一颤，发出了这样的感叹：有一种绵绵的爱情，即使没有任何故事，也会因心灵的默契，而足以穿越辽远的时空，成为永恒……

没错，许多美丽如花的爱情，不在梦想的遥远处，也不在美妙的诗篇里，而就散落在我们普通的生活里，就簇拥在我们的身边，一目了然，触手可及。

那些很接地气的爱情，清澈却并不含混，简单却并不粗糙，通俗而又不失雅致，似乎很下里巴人，却又分明有着可爱的阳春白雪的意味。

那样爱着，真好！

如果你真的爱我，我们谁都不必赴汤蹈火，你只要与我一同去明媚的阳光里，去潇潇的风雨中，让我们并肩的剪影成为爱的故事里面最寻常的画面。

旧爱，是一杯醒过的红酒

1

有人喜欢怀旧，旧时光、旧物、旧人，仿佛隔了一段光阴，再去重新打量，那旧的一切都恍然染上了新的光泽。

那么，旧爱呢？

在新欢还没有来临时，旧爱或许是一件聊以御寒的棉衣，但在那暖里面，分明有着丝丝的凉，直浸肌肤，直抵心灵。

那是一个寻常的深秋的周末清晨，她被挤入窗帘的阳光唤醒，慵懒地伸伸腰，披了睡衣去梳妆。那玲珑的梳妆镜，是他亲手安上的，他说可以让她好好地香美。

现在，她依然很美，是香美还是臭美，他都不再揽着她的腰欣赏了。

坐在马桶上，一股别样的寒凉蓦然袭来。

哦，马桶竟变得如此的冷，只因少了一个人的体温？

刹那间，她的心一颤：他已离去多日了，连马桶上的温度也一同离去了。

她的眼睛陡然有些湿润。

还记得，那个细雨霏霏的午后，在一个记不住名字的街角的一个普通的茶屋，囊中羞涩的他请她喝茶。两杯淡淡的碧螺春，他们整整喝了一个下午，彼此的眼睛里都溢着氤氲。

那是爱情葳蕤的时节，她的每一个任性的提议都是他必须遵办的“圣旨”。譬如，她让他背着，沿着江堤的水泥台阶拾级而上。

伏在他并不健壮的肩头，脸颊贴着他的脖颈，听着他粗重的喘息，她幸福得像一个公主。在他快要撑不住时，她夸张地大喊大叫，全然不顾路人的目光，仿佛所有的人都在羡慕他们如花的爱。

如今，她比当年苗条了许多。只是，她不想再去曾经无数次散步的那道江堤，不愿形单影只地欣赏别人恩爱的神情。

她更喜欢一个人，坐在洒了一层阳光的客厅里，端着一杯红酒慢慢地啜饮，仿佛在啜饮着幸福的好时光。

2

既然已经回不去了，又何必念念不忘？

闺密有些“哀其不幸，怒其不争”地开导她：“那个男人已经不属于你了，再惦记着也没有用，就像博物馆里的一件珍品，你只能偶尔去欣赏一下，不能据为己有了。”

她无言以对，闺密所言的确无法辩驳。

然而，新欢没出现之前，旧爱还是大有用武之地的。既然谁的心中都无法只藏着那样的一个“唯一”，那么，怀想一下与他共有的那些秘密、那些挥之不去的曾经的美好，又有什么不可以的呢？

当她看到他的新欢在网上晒着他们的幸福，在夸他是一个多么好的男人时，她扑哧一声笑了，自己也夸过他是一个好男人啊。

那个年轻的小女子接过了她调教出来的好男人，应该对她心怀感激啊。

有那么一瞬间，她真想给被幸福包围的小女人留言：好好看住了你的好男人。

3

说不清当初是什么原因让两个人突然就有了无法弥合的距离，他和她都努力过，但最后他们还是选择了分手。就像当年两个人一见钟情地相互爱上对方，到后来他们的婚姻无疾而终，但还是有爱留下了。在他决定将房子和存款全都留给她的一刻，她更坚定了他是一个值得爱的男人，即使他们即将各奔东西。

他哪里做错了吗？爱使小性子的她在冷静的时候，曾一点儿点儿地梳理过，结果是，他真的没有什么过错。那么，她呢？她的错，或许正是找不到什么错。

“不要说我对，不要说你错，人生这个谜几人能猜透？爱情这杯酒谁喝都得醉。”在出租车上，她听到那个嘶哑的男中音正一遍遍地唱着浅白而深刻的情感纠结。

而她，现在心清如水。

他走，自然有他的道理。不反反复复地追问为什么，不拖泥带水，也不戚戚怨怨，就像风过枝头，有些花依然，有些花注定要飘落，与风有关，也与风无关。

他欣赏她，说她其实很有男人的气度。

那是与生俱来的一种硬，不能解释，也无法解释，就像命中的某些缘分，谁也不能真正参透。

4

分手，带来了寂寞，也带来了难得的宁静。

“我听到了糖槭树叶飘落的声音，就在昨天夜晚，像一个中年男人平稳的呼吸。”她给他发短信。

“你总是这么敏感，都快要成为诗人了。”他回复。

“我还好像听到了你的感叹，关于时政的，关于工作的，关于你的家人的……我以前常常嫌你关心的东西太多，什么鸡毛蒜皮的事，都能引发你一大堆的感慨，你杂七杂八地说给我听，像一个爱唠叨的碎嘴女人。但现在，我很想坐在你对面，像一只乖巧的猫，柔顺地，听你絮絮地说出你的喜怒哀乐，偶尔我会插上一两句话，更多时候，是我看着你兴致勃勃地说着，仿佛一个长不大的男孩。”敲出后面这句话，她的手指一抖，有一股无名的柔软在内心里铺展开来。

“可是，我们再也回不去了。”他想打断她浸着伤感的怀恋。

“我知道，曾经已经站在了彼岸，无论多么美丽，都只是一段记忆了。就像一杯醒过的红酒，要么喝掉，要么倒掉。可我还是忍不住挽留，明明清楚那不过是一种徒劳。当然，这也很正常，一列疾驶的列车突然刹车后，仍要惯性地朝前滑行一段距离。别怪我，在失去的时候才懂得珍惜。这只是说明我与你一起奔跑的时光是多么美好，难道美好的东西不值得珍藏和怀恋吗？”

他只回了一个沉默的表情。

其实，她并不需要他的任何回复，她只想说出自己的心事，寂寞而明亮。

5

春节，她没有回老家看父母，因为不想看到他们关切的眼神和隐忍的小心。

买了机票，她一个人去了马尔代夫。坐在金色的沙滩上，捧着一个大椰子，欣赏着穿得花花绿绿的各国游客来来往往，清爽的海风拂来，吹着她烂漫的思绪，在温暖的阳光里，任其自由飘荡。

她想起了一位老画家讲过这样的一个小故事：

那年秋天，画家去台湾阿里山写生，路过一个藏在山坳里的无名小村，那些古朴的民居吸引他停下了脚步。

接下来，他便有了更大的惊喜——在一间农屋里，他看到了那个异常漂亮的瓦罐。仿佛遇见了生命中的最爱，他的眼睛立刻放出了光亮，禁不住喊了起来："哦，宝贝，你竟然在这里。"

没错，那绝对是一件稀世珍宝，他几十年走南闯北，阅物无数，能让他失声惊叹的东西实在不多。而这个瓦罐，值得他倾其所有。

但那个年过八旬的固执的老女人，任他开出多高的价码，都不肯出让那个摆在一堆杂物间的瓦罐。她的儿孙们都动摇了，都帮着他说话，因为把那个瓦罐转让给他，那一大笔钱足以让他们的生活明显改善。

可是，那个老女人只允许他观赏，坚持不肯让他带走，无论出多少钱。她只有一个非常简单的理由——那是祖上传下来的，是有灵魂的。

老女人的固守反倒激起了画家的兴致，他一次次地去磨，一次次地抬高价格，最后竟出到了一个连自己都心惊胆战的高价。

最终，老画家如愿以偿，他在给了老女人的儿孙们很大一笔钱之后拥有了那个瓦罐。

他捧着那个瓦罐要走时，那个老女人还想反悔，但最后叹口气，忍住了。她叮嘱画家："一定好好地看好了，它是有灵性的。"

那是自然的，如此难得的宝贝，他怎么会不小心翼翼地呵护呢？

无法形容他一路上是如何精心照料，竟然还是出了意外。他一失手，那个瓦罐摔到了地上，摔成一堆碎片。

那一刻，他僵住了：那一地的碎片，让他大脑陡然一片空白，仿佛魂魄出了窍。

接下来，他竟微微地笑笑，转身而去，就像随手扔掉了一支用秃的画笔，似乎并不怎么痛惜。

老画家说，心疼那是肯定的，但即使心疼到流血也无法让破碎的瓦罐复原了，它的魂都散了。

然而，旧爱的魂，却怎么也散不去。

他不在身边了，但他与她踏浪的海滩还在，他们一起数星星的小木屋还在，还有卖给他们海螺的小贩还在……哪里不是"物是人非"呢？她来这里，不为寻找曾经，但曾经却如影子一样缠绕着自己。

有一种忘记，叫作无法忘记；有一种情感，不关乎时间，只关乎心灵。

6

后来，她也开始了新的爱情，又走进了婚姻。

只是，她还是常常地想起他，偶尔也在网上跟他聊几句，那云淡风轻的样子，宛若彼此已经看透了世间诸事。

但她知道，有些深入骨髓里的东西，无论怎么掩饰，也总会拦不住地流露出来，就像她知晓他脚心的那个痣，知晓他午夜偶尔莫名的偏头疼，他也知道她私密处的那道疤痕，知道她痛经时最爱吃冰淇淋……那是他们留在岁月里的共同的秘密。拥有共同的秘密，两颗心自然会拉近。

一天，无所事事的她被一个朋友拉着去听一个关于女性服饰的讲座。

当看到他一身时尚地站在讲台上时，她听到了自己在心里"啊"了一声。

原来一向对穿着不拘小节的他，几时竟然研究起了服饰，而且还在女性服饰方面有了一些要与人分享的心得？她不能不感叹爱情的魔力，肯定是接替她的那个做模特的女人，一点儿点儿地影响了他，改变了他。

那天，他讲的那些女性服饰的理念、趋势、方法等等，她没听进去多少，因为那会儿她脑子里面晃动的，多是有关他穿衣的往事。譬如，他不爱换衬衫，领子上有了汗渍，若不是她的催促，他也不会放到洗衣机里面的；带着明显的褶子的夹克衫，他居然也能旁若无人地穿出门去；西服袖子上不知何时磨了一个洞，他照样穿着去参加同学的婚礼……就这么一个对穿衣服特不讲究的男人，现在居然打扮得体地站在听众面前，滔滔不绝地谈论女性服饰话题。

世界真是变化太快，一切皆有可能。时间就是最好的见证人。

那么，旧爱呢？

7

在又一个冬天来临的时候，她一脸认真地跟丈夫商量："我们俩辞掉工作吧，找一个有山有水的地方，过隐居山林的日子吧。"

丈夫惊讶地摸着她的额头，问："你是心血来潮吧？怎么突然有这样古怪的想法了？"

她拉着丈夫的手："我没发烧，头脑清醒得很，我只是想换一种生活方式。"

丈夫当然不会把她当作恋爱时吊在臂弯里撒娇的小女孩了，不能任着她性子："你这样想想无可非议，偶尔尝试一下也是可以的，但要全然放弃好好的工作，去过那种纯粹原生态的生活，那是万万不可的。"

于是，两个人争执，辩论，各不相让，甚而冷战。

最后，爱人做了一定的妥协。在她的学校放暑假时，他费了很大的周折，请了年假，陪着她来到位于小兴安岭的一个小山村，两个人过了一段像思想家梭罗独居瓦尔登湖畔那样的隐居生活。

想象总是那么诗意，现实却总是那么直截了当。

很快，她便发现自己当初的决定是多么想当然了。还是爱人说得对，她只需要到一首诗里面走走，最后还得回归到嘈杂的红尘里，柴米油盐，挨个儿认真琢磨。

当然，半个多月的山居生活，也让她更深切地明白了一些道理，特别是关于旧爱。她终于懂得：再美好的旧爱，也只是属于从前了，珍惜可以，美化也无妨，但最重要的是要走出来，就像老画家面对打碎的瓦罐，痛惜是无济于事的，唯有放下才是最好的选择。

一杯醒过的红酒，可以慢慢地品味，但那红酒再也不能放回原来的瓶子里了。旧爱亦然，无论多么美好，那也只是旧时光里的旧模样，“青山遮不住，毕竟东流去”了。

爱你，只需一个很简单的理由

连续两次失败的婚姻让她对爱情产生了莫名的恐惧，好长一段时间，她不敢再涉爱河，深恐身心再次受到伤害。

遇到他时，她并没想到会有一场幸福的爱情发生在他们之间。那会儿，她是寂寞的，也是清醒的。她暗自提醒着自己，千万不能在寂寞的时候爱上一个人，因为那样容易离爱情很远，离情欲很近。

然而，他还是打开了她那幽闭的心扉。毕竟他是那样一个优秀得几乎无可挑剔的男子，放在哪里，都应该是被追逐的对象。

记得第一次邂逅是在那家大型商场卖女装的专柜前，身材高大的他，手里正拿着一件“依恋”牌的红格子短袖衫，征询售货员的意见。她在旁边听明白了，他是买给即将去大学读书的妹妹的，妹妹喜欢穿和别人不一样的衣服。从他的细心和耐心里，她感受到了一个哥哥特别的疼爱。她走过去，给他提供了一条参考性意见，他连连道谢，并欣然采纳。

于是，两个人有了简短的交流。她知道了他曾留学美国，学的是金融管理，现在自己单位对面的那家证券公司上班，每天都很忙碌，他的老家在千里之外的松花江畔。

第二天早上，她正在路边等候拼车的同事，他的车忽然在她面前停下来，他探出头热情地招呼她："外面风大，快上车吧，正好顺路。"

她还有些踌躇："谢谢，我还是搭我同事的车吧。"

他幽默地一笑："难道是害怕我打劫？我可是外强中干的。"

恰在这时，她的手机响了，同事告诉她车子出了一点儿故障，让她不要再等了。

她莞尔一笑："看来只能接受你友好的'打劫'了。"

交谈中，他们惊讶地发现两个人的住处，居然是在一个小区，不过隔三栋楼的距离，而两个人的上班时间也大致相仿，搭他的车上班比和同事一起拼车还要方便。他热情地提议，让她跟同事说一声，以后就搭他的车了，他还不收费。

她问他："为什么，难道要学雷锋？"

他笑笑："因为我发现你很可爱。"

她的神情有些苦涩："我要是可爱，就不会被爱情伤害了。"

听了她的爱情经历，他安慰她："那些不懂得爱的人，离开了也不必太伤感，更不必遗憾。”为了冲淡一下车内有点儿沉重的气氛，他为她朗诵了一首特别幽默的爱情诗，其中有一句是“笑着朝前走吧，爱人啊，路上有的是”。

她笑得眼泪都出来了：“是的，爱人路上有的是。”

非常自然地，他与她都读出了对方眼睛里燃烧的渴望。只是她仍有些迟疑，她不敢确信那么优秀的他，会真的爱上有过两次婚史的她。何况，她还大他四岁呢。

她认为他的爱或许多了一些怜香惜玉的成分，或许多了一些冲动的意味。自己冷淡一些，他可能就会退步了。

没想到，她理智的拒绝反倒点燃了他追求的热情。她开始慌乱地疏远他，甚至刻意躲避他。她找了借口，不再搭乘他的车上班。他却没有知难而退，不仅自己依然往前冲，还搬来了救兵——她的两个好朋友，请她们出面帮忙，期望说服她能接受他的真情。

她的固执和矜持开始一点儿点儿地动摇，但她还没昏头昏脑。近半年多的交往中，对于他的种种好，她心知肚明。只是她始终不明了，他爱她的理由究竟是什么呢。她扪心自问：自己没有出众的美貌，性格算不上太好，工作也一般，家境更是普通得不能再普通……

而他，毕业于美国著名大学的商学院，英俊洒脱，事业蒸蒸日上，年纪轻轻便已在省会城市有房有车，是名副其实的“高富帅”。凭他那么好的条件，什么样的爱人找不到？怎么偏偏爱上了她？

对于她的疑问，他坚定地回答：“爱就是爱，爱你，难道非要说出什么理由吗？”

已不是大学校园里浪漫的小女生的她，笑着告诉他：“世界上没有无缘无故的爱，如果你不能告诉我，你究竟爱我什么，我是断然不会接受你的爱的。”

看着她那一脸的认真，他提了一个建议，两个人回去，好好思考一下，各自列出自己爱的理由和不爱的理由，然后再做决定。

回到家中，她找来笔和一张白纸，很快就在正面列出了一大排爱他的理由，诸如有学问，性格好，为人热情，孝顺父母……而不爱他的理由，在纸的背面却只有一条：不敢相信他的爱是真的。

再见面时，两个人交换了那份特别的“爱情清单”。

奇怪的是，他不爱她的理由竟然列举了一大排，譬如：她太要强，有点儿工作狂，有时过于敏感，对吃饭不够认真，有完美主义倾向……而爱她的理由，却只有一条，用红笔写了硕大的字：爱你，就是唯一的理由。

捧着他的爱情告白，她不禁潸然泪下：原来，真爱从未走远，一直在这里等着自己。

她激动得扑入他的怀中，幸福地喃喃道：“谢谢你，说出了这么好的爱情誓言。”

没错，不爱的理由，可以有一大堆，然而，爱，只需一个理由就足够了，那就是一个最简单而内涵最丰富的字——爱，那是心陌上的花朵，是眼睛里的瞳仁，是心底的金子。

多少年后，她看到一位小女生在认真地做着一本杂志上的一道有关爱情条件的测试题，其男友殷勤地帮她说着一个个爱的理由，两个年轻人满脸都是开心。

她不禁笑了：年轻时，陷入爱河的女子，总喜欢问对方为什么爱上自己，而多年的沧桑过后，才蓦然发觉，爱的理由可能有许多，但最好的理由却只有一个，并且非常简单，那就是——我真心地爱你。

我也喜欢那些低到尘埃里的爱

一家女性杂志和一家著名的网站，联合举办了主题为“我心中最美的情话”征文大赛。为了吸引更多的参赛者，大赛组织者找来了多家赞助商，不仅为获奖者提供了丰厚的奖金，还为特等奖获得者提供了往返欧洲的“情侣游”机票。再加上网站和杂志的大力宣传，应征的情话雪片般飞来，其中有许多令人怦然心动的新颖、别致的情话。经过认真的评审，最终摘取特等奖的，竟是令众人惊讶的一句极为朴素的话语——你坐着，我来干。

那么多或柔情似水或甜蜜芬芳的情话，怎么会抵不过这土得掉渣的六字告白？读者们议论纷纷，网站上的争论也如火如荼。不久，大赛组委会特意邀请到特等奖获得者，通过网络视频，那位摆水果摊的女工向众人讲述了她的故事。

那时，她大学刚毕业，拿到一家外贸公司的录用通知书，她跟男友找了一家咖啡屋庆贺，两个人幸福地描摹着对未来的憧憬。但是谁也没有想到，在牵手回家的路上，一辆刹车失灵的小货车从后面撞上了她。从昏迷中醒来时，她惊愕地发现自己的一条腿被截掉了，另一条腿上也打着石膏。对面病床上的他，头上和胳膊上也都缠满了绷带。

还好，他的伤没有大碍。这是巨大的伤痛中最让她欣慰的庆幸。

“还好，我们还能够牵手。”这是他见到她苏醒过来说的第一句话。

很快，他便挣扎着下床了，不顾医生和家人的反对，把来照料他们的亲人都撵走，坚持要自己照顾她。她说他也是一个病人，也需要照顾。他笑着说自己那点儿轻伤不碍事的，她才需要好好照顾，自己说过要心疼她一辈子的。

她很感动，说自己没了一条腿，工作也失去了，已变成了一个废人，不能拖累他。

他嗔怪她胡思乱想，说她在他心中永远是最完美的，从前是，现在是，以后也依然是。

他勤快地帮她倒水、拿药、削水果、翻身、解手……他仿佛能读懂她的每一个心思，见她想要做什么，总会马上说一句“你坐着，我来干”，拦住她，随即帮她完成。

看着他周到地帮自己做着一切，她想起了刚恋爱时，他就这样喜欢宠着她，什么大活儿小活儿都抢着干，而且干得那么心甘情愿，没有丝毫的做作。他的一句口头禅“你坐着，我来干”，是她听到的最甜蜜的爱的表白。于是，被甜蜜的爱情笼罩的她，习惯了坐在校园里等他去排长队给自己买回家的车票，习惯了坐在餐桌边看他去埋单，习惯了坐在树荫里看他一脸汗水地帮自己修单车，习惯了坐在旁边看他手法娴熟地为自己削苹果……

出院不久，他和她走进了婚姻殿堂。婚后，他用行动把那句“你坐着，我来干”诠释得更生动、更具体了。其实，婚前和婚后，她也多次像他那样，不容争辩地对他说“你坐着，我来干”，动手帮他整理书稿，帮他发送邮件，帮他熨衣服，帮他沏茶……她快乐地做着这些，感觉自己真的像他赞赏的那样——还是挺优秀的，尽管腿残了，尽管失去了体面的工作。

他所在的公司正在裁员，虽然他很努力，但不幸仍降临到了他的头上。他又在一家文化公司找了一份很辛苦、报酬不高的工作，可是，他仍整天乐呵呵的，他安慰她说他在一边当图书策划编辑，一边学习写作，说不定哪一天自己还能策划出畅销书，或自己写出了畅销书。她说她相信他，知道他辛苦，她便抢着做家务，他身子刚要动，她马上温柔地说一句“你坐着，我来干”，为的是让他多歇息一会儿，集中精力做好手头的工作。

平凡的日子波澜不惊地向前流动。转眼间，女儿八岁了，一家人欢欢乐乐，尽管他们手头一直拮据，多年蜗居的小屋却始终充满温馨，他们成了人们羡慕的恩爱家庭。女儿也受了熏染，很小便学会了做家务，她还时常调皮地模仿他们来一句“你们坐着，我来干”，争着为他们服务，让他和她感觉犹如中了大奖般开心。

再后来，她在街口上摆了一个水果摊，收入虽不多，但她很开心。他一有时间就过来陪她。顾客不多时，他会习惯性地对她说“你坐着，我来干”，她就乖乖地像恋爱时那样，笑脸盈盈地坐在那里，看着他那样心满意足地忙来忙去的背影。温柔的阳光照在小小的水果摊上，那一刻，她感觉自己就像一位幸福无比的公主。

那天，他没在身边，她试着搬动一个水果箱时不慎撞翻了一摞水果箱，植过钢板的那条腿被砸伤了。他心疼得不停地自责，怪自己没帮她摆好摊，让她遭罪了。她却说是自己一时走神了，正好伤腿里的钢板也该换了。

住院的日子里，他对她的照顾比以前还细心，有时干脆命令她“你坐着，我来干”，把一切都大包大揽了。她说，若什么都不让她做，她会变得又胖又懒的。他说：“那也不怕，你就坐在床上，我照顾你一辈子。”

他说得那么真诚。她心里暖暖的，眼睛里溢满了幸福。

拗不过她，他只得同意她继续摆水果摊，但他每天都会早早帮她摆好，晚上再帮她收好，生怕她再有任何闪失。其实有很多事，她完全可以轻松地做好，他却拦阻她：“你坐着，我来干。”不由分说地为她代劳。

她絮絮地讲述着她和他平凡的生活、平凡的爱情，无边的幸福没遮没拦地挂在脸上。

很快，众多网友纷纷在网上留言，大家一致赞同评委的选择的正确性——的确，那白开水似的六字情话是最朴素的，是最真诚的，也是最美的。它来自于充满爱的内心，滋润了爱，培育了爱，也收获了爱。

“你坐着，我来干。”一句洗去铅华的情话，饱含着无比的真挚、无限的情意、无数的关切，全都融入了这朴实无华的爱的表白，让美丽在艰难中绽放，让美好在平凡中诞生。

与其说有那么多的人喜欢这样的情话，不如说有那么多的人喜欢那低到尘埃里的爱。

藏在苹果里的爱情

那时，女友中间很流行“干得好不如嫁得好”的说法。起初，她还嗤笑女友把钱看得太重，太有失女人自尊了。但两次恋爱失败后，她遇到了富有的他，才真正体验到了经济基础雄厚前提下的爱情的甜蜜。比如，她再也不用一身热汗地去挤公共汽车了，他那漂亮的宝马车带给她的是舒适，是一种特别的满足感。还有，跟他逛商场，她不必费脑筋考虑该买哪样不该买哪样东西。看好了，只要她开口，他总会潇洒地结账，还有他那刷卡的动作，更是透着成功男人的魅力。

“那是富有的爱情啊！”她欣然地感叹，觉得那样的爱情虽然世俗了一些，却很受用。

那天晚上，他陪她去医院看望一个骨折的朋友，恰巧赶上医生在给朋友换药。她和他便坐在朋友的床上等待。对面病床上住的是一对中年夫妻，男的得了骨癌，被截去了右臂，仍未能阻止癌细胞的进一步扩散，正等待着做第二次的截肢手术。

这时，那女的正在用一把很钝的小刀认真地削着一个干巴巴的、一点儿水灵气都没有的苹果。那男的怜爱地看着女的，面庞清瘦，眼睛里毫不掩饰地流露着缕缕柔情。

男的嗔怪女的："早就让你把它吃了，你就是不吃，看都变成什么样子了。"

女的笑着："皮皱巴了，心还嫩着呢。"

苹果削好了，男的固执地让女的将其一分两半，女的争不过男的，便方方正正地切了四刀，留给自己包着果核的中心地带。

男的说："你总是吃那两颗星星，今天得让我来尝尝。"

原来，他们知道，只要横切一刀，就会看到苹果心里藏着的两颗星星。

"男人跟月亮有缘，女人跟星星亲近。"女的将一块月牙形的苹果塞到男人的嘴里，自己小口地啃起那个没有多少内容的果核。

"明天是你的生日了，买碗面吃吧。"男的从兜里掏出五块钱来。

"城里的面不好吃，等你出院了，回家我自己做手擀面。再说了，要买面吃，我兜里也有钱呢。"女的其实是心疼钱，为丈夫看病已欠下数万元的债务。

"那不一样，这是我攒下的。"男的很自豪，那是他少抽了好几包劣质的烟才慢慢攒下的一点儿私房钱。

“那你先收着，等明年情人节时送我一件礼物。”女的捋捋齐耳的短发，略显疲惫的脸上竟泛起了一抹红晕。

“你要什么礼物啊？我一定想着给你买。”男的郑重起来。

“你说呢？”女的笑而不答。

男的努力地猜了一大圈，女的皆摇头予以否定。

“你到底想要什么礼物呢？”男的还在认真地想着。

“我呀，我要你这一回手术成功，别吓坏了我的心脏。”女的想起了上次手术时握着丈夫的手，紧张得她都快虚脱了。

“放心吧，有你在我身边，我会早点儿出院的。我们还要齐心协力把好心人借我们的那些钱都还上，还要奔小康呢。”男的眼里充满了自信，似乎那可怕的癌症除了让他们在医院里多待一些日子，多花一些钱，跟平常感冒没有多大区别。

“等咱们富啦，你可得带我出去旅游旅游啊。”女的又开始憧憬起来。

“好啊，等我们有了钱，我就先带你去北京，然后去广州，然后……”男的掰着手指开始安排旅游的线路。

谁说“贫贱夫妻百事哀”？眼前这一对被清贫和疾病困扰的夫妻，分明更像一对热恋中的年轻人，那一句句简单朴素的话语，那一个个细微的动作，都浸润着浓浓的爱意，叫人感动而羡慕。

“假如有一天我得了癌症，我们会像他们那样吗？你能呵护在我身边吗？”走出医院大门，那对夫妻恩爱的动人情景仍晃动在她的眼前。

“别发神经了，我们谁都不会生病的，即使生病了，我们也有条件住最好的医院，找最好的医生。”他根本不理解她此刻的心思。

蓦然，一缕莫名的悲哀荡漾在她的心底，她的心难以平静下来了。她不禁扪心自问——我们的爱情真的像别人说的那样富有吗？

很快，他给了她一个说不清该悲还是该喜的答案——当初那些响亮的海誓山盟全都成了过眼云烟，因为他又爱上了另外一个女孩。

如今，依然孑身一人的她，常常在孤寂的深夜里，不由自主地想起在医院里邂逅的那对清贫而富有的中年夫妻，她相信他们现在肯定过得很幸福，因为他们的爱没有落上一丝尘埃……

没错，真正富有的爱情，只需两颗相爱的心。只是常常有人在繁华的物欲横流中迷失了自己，自然也就迷失了爱情。

第五辑

不管道路多么泥泞，
跋涉就是最好的选择

请忧愁和焦虑走远，请冷漠与抱怨走开，扬起头来，相信谁都无法垄断阳光，相信手指加上手掌的力量，一定能点亮希望。每一天都要快乐地歌唱、舞蹈，因为真的没什么值得忧虑的，只要心怀感恩，无论多么清贫的日子，都可以生长美丽和富足。

只因先爱上了她的幸福

他是从美国留学归来的哲学博士，就职于国内一所著名大学，刚过三十五岁便晋升为教授，成为博士研究生导师。他开了好几门课程，被学生誉为“真正的精品”。他长得也很帅气，人品好，学问做得好，绝对称得上才貌双全。还有，他的家境也不错，父母都是高级知识分子。

无疑，像他这样各方面都很优秀的男人，身边的追求者一定络绎不绝。其实还在读高中时，就有大胆的女生向他表白过爱慕之情；等入了大学，向他频送秋波的女生就更多了。然而，他似乎十分挑剔，令他心动的女生极少，只有一个有了些许好感，但相处一段时间后也宣告分手了。

令人难以置信的是，过了三十五岁生日，他仍是校园里有名的“钻石王老五”。

很自然地，人们开始纷纷暗中猜测：上帝将那么多宝贵的礼物都赐予了他，会不会也给他留下了一些难言的遗憾？是不是他哪里出了问题？

大家的困惑尚未解开，他又抛给众人一个巨大的惊叹号——“过尽千帆皆不是”，他千挑万选的爱人竟是一位很普通的公司职员，相貌平平，学历一般，更与他不般配的是，她比他大四岁，两次离异，还带着一双儿女。

当他郑重地宣布要与那个女人结婚时，众人都特别惊愕，大家实在弄不懂：聪慧的他在爱情和婚姻问题的选择上，怎么会如此令人大跌眼镜？

难道爱情和婚姻真的都是鞋子，合不合适，只有当事人最清楚？人们可以有一千个纳闷、一万个想不明白，但这并未妨碍他欣然地爱了，愉快地娶了，并与她迈向了幸福的婚姻生活。

也有朋友替他担心：他的婚姻或许不会维系长久，因为他与她的差距太大，即便他能做一个好丈夫，恐怕也难以胜任爸爸这个角色。

然而，他们的甜蜜婚姻，既有十足的人间烟火味，又不乏玫瑰色的浪漫。他要做家务，她总会拦阻他：“你忙你的，这是我擅长的。”他只要有时间，就会亲自驾车，先送孩子上学，再送她去上班。他真诚地说她是他的王妃，她则一脸幸福地说他是她的王子。

周末，人们经常会看到他与她牵手漫步在校园里，像一对热恋的年轻人，又像一对历经沧桑的伴侣。她的那一双儿女则在不远处欢快地玩耍着，见他们玩得那么开心，他忍不住拉她过去，一家人童心十足地玩起来。孩子跟他撒娇，他与孩子辩论，一家人其乐融融，叫人看着眼热、心暖。

一位记者在电影院里目睹了他们一家人亲密无间的情景，忍不住对他刨根问底："你那么优秀，为什么要娶她这样一位单亲妈妈？"

他笑容可掬地反问道："你看我们现在的样子，不就是最好的答案吗？"

"我知道你们现在特别幸福，可我想知道你当初为什么会爱上她。"记者很想知晓当初令他怦然心动的原因。

"很简单，我是先爱上了她的幸福。"他十分坦然。

"先爱上了她的幸福？"这个原因很特别，记者不由得陷入沉思当中，似有所悟。

没错，正是看到生活条件不算好的她和孩子每天都幸福洋溢的那些生动情景，他在心生羡慕和赞叹的同时，强烈的爱意油然而生。待走近她，他更是惊讶地发现：原来，她是那样一个懂得寻找幸福、创造幸福、享受幸福的聪慧女人，与她在一起的那些时刻，他感觉到幸福就像空气一样包围在自己周围，触手可及，美妙无比。于是，他毫不犹豫地爱了，她也欣然地爱了，因为真正懂得她的是他，曾经两次失败的婚姻似乎只是命运为了安排他与她相遇并牵手一生……

爱上她的幸福，多么好的爱情理由啊。爱上了幸福，跟着幸福走，怎么会没有幸福呢？仔细打量他的选择，真该敬佩他在爱情上的独具慧眼，更该敬佩他的爱心芬芳。

爱是一棵不断开花的树

第一次读到席慕蓉的那首《一棵开花的树》，她一下子就喜欢上了。那一年，她十八岁，正值青春之树上缀满了美丽的花蕾，芬芳四溢，迷醉了那么多宠爱的目光。

被爱簇拥的她，变得越发楚楚动人了。而她，没有慌乱，没有迷失，依然静静地朝前走着，她相信梦中的他，一定在前面不远的某个地方等待着她，在他们相遇的刹那，彼此会同时惊喜地说出——“哦，原来你也在这里。”然后，欣然地伸出手，握住一段尘世间最美的缘。

那样美妙的景象，她不仅在小说里见过，也在年轻的遐想中遇见过。为此，她愿意踏遍万水千山去找寻，愿意遥遥无期地等待，愿意守候着心灵中的汪洋，咬紧一个甜蜜的渴望。

终于，那个她无数次在梦中描摹的他出现了，她款款走到他的面前，笑靥如花地望着他，几乎就要失声喊出心头藏了许久的秘密。然而，他却只是淡然地从她面前走过，没有一丝想象中的热烈。瞬间，她泪雨纷纷，只觉得满地飘坠的都是忧郁伤心的花瓣。

真的无缘吗？就像高高举起的烟花，还来不及绚丽地照亮整个夜空，便骤然熄灭了。她心有不甘，不愿接受那希望落空的宿命，她还想竭力去挽留。然而，他的目光已被另一片明媚深深吸引，他和那个同样优秀得无可挑剔的女孩，似乎更像前世便已结了良缘。她只能就此站定，站在那个痛心的距离上，看着他们挽着幸福，一路旁若无人地走向前方。

从此，很长的一段日子里，她谢绝了所有对自己的爱情表白，因为她只相信那一段没有开始便已结束的爱。她久久地难以从心头抹去他的影子，许久都无法倾心再去爱。尽管有很多比那个他还要优秀的男子在向她真诚地示爱，她却执意地选择错过。

时光匆匆流逝，她的事业繁花锦簇，但她依然孑身一人。虽然也曾有过孤灯独对的落寞，也曾有过刹那间的心旌摇曳，但最终还是黯然地垂下头来，她以为那一树的繁花都已在生命最葳蕤的季节凋谢了，她再也无力去爱了。

然而，就在她五十岁生日前夕，那个她多次委婉拒绝的他再次向她坚定地走来。

“我说过的，我们只能做朋友。”她依旧固执地坚持着，眼睛却湿润了，不知是为他的执着，还是为自己莫名的伤感，抑或是兼而有之。

“没关系的，我愿意等。”他递上洁白的纸巾，怜爱地看着她擦拭双眼。

他像一位曾经沧海的老水手，见过了太多的风浪和海市蜃楼，懂得眼前的她才是他今生的最美，所以一直默默地关注她、关爱她。他相信自己一定会等到那一天，他欣然地握住她的手，彼此相视一笑。

她终于被感动了，带着感激和一丝惶惑走近他：“为什么要如此坚持？”

“因为我听到了心灵的召唤，我必须义无反顾地走向你。”他的眸子里荡漾着真挚。

“可是，我已经是一棵开过花的树了，最鲜艳的时刻早已经走远了。”她不无惋惜地说道。

“还可以再次开花啊，还可以再次美丽生命啊。”他热情地牵起她的手。

“再次开花？”她喃喃地重复着，心底似有火焰在升腾，那般的热烈。

“对啊，爱是一棵不断开花的树，花一季季地开，一季季地落，才有爱的绚丽与静美，才有爱的忧伤与无奈。谁说过爱的花朵只开一季？只要心头的爱不凋落，爱的枝头就不会失去美的花朵。”他告诉她，曾经的花朵无论多么美丽，都只属于昨天，而明天的花还在酝酿中，唯有尽情地绽放今天的花朵，才会爱得真实，爱得美好。

她重重地点点头。那一刻，她才恍然发觉自己仍是一棵开花的树，仍可以开出绚美的花朵，只要她愿意。

做一个灵魂有香气的女子

1

舒雅来自呼伦贝尔大草原，她的父母都是普通的牧民。

她是全系第一个前来报到的，比别的同学整整早了一天，而且是独自拖着行李箱来的。等别的室友陆陆续续到来后，迎接她们的是一个被收拾得超干净的房间，而她们开始还以为别的宿舍也同样如此洁净，没有人知道舒雅一直忙碌到了后半夜，连隐秘角落里的灰尘都没能逃过她的细心。

她的勤快似乎是与生俱来的。因她无怨无悔地主动清扫、擦拭，每次院系组织的宿舍卫生评比中，她的宿舍都会拿优秀。舍友晓嘉开玩笑说道："舒雅，跟你住一个屋子，都不好意思不讲卫生了。”她听了，只是淡淡地笑笑，仿佛一切都是自然而然的，没什么值得大惊小怪的。

舒雅上课从来都不记笔记，这一点跟我一样，但我是因为一向懒惰，特别不爱动笔，另外，我还喜欢借此炫耀一下自己不错的记忆力。而她，是因为不屑于去逐字逐句地记录老师的讲课内容。

在她看来，记在本子上的东西只是把老师讲的东西暂时储存下来而已，如果最终不能真正地理解消化，储存得再多也毫无用处。事实上，她更愿意跟随着老师的思路，驰骋想象，一边品味老师所讲的东西，一边形成自己的感受和认识。

舒雅是我们年级唯一一个上课不记笔记而考试成绩始终优异的女生。

这是大学四年里她留给许多同学最深的印象，也是吸引我关注她的一个重要原因。

读过大学的同学一定都知道，拥有一本好的听课笔记，对于考试过关有多么重要。我就读的大学校园里有个“助力复印社”，那个矮胖的老板是我见到过的最会赚学生钱的老板，不知道他从哪里搜集到了各个专业各门课程的笔记，并且都是好学生的“杰作”，重点突出，条理清晰，字迹娟秀。每到期末考试前夕，他都会按照大家的需求，复印若干份，卖给那些经常逃课或笔记一塌糊涂的学生，而且绝对物美价廉，包管考试过关。再后来，他甚至整理出了成套的各科模拟试题，虽说价格略微高一点儿，但命中试题的概率颇高，因此销路始终不错。

我所在寝室的老大是年级有名的“翘课大王”，平时成绩吊儿郎当的，可每次期末考试成绩一公布，我们都诧异他怎么会得那么好的分数。快大学毕业时，他得意地告诉我们，每次考试前，他都会花钱从复印社老板那里买来最好的听课笔记和考试模拟题，重点是，他还肯花一点儿时间研究一下手头的优质资料，从中猜测老师命题的重点和难点，做到了更有针对性的复习。

毕业后，老大把他这一套“应试秘籍”用在商场上，生意也做得风生水起，特别像一个黑色的幽默。

2

而舒雅，绝对不屑于买笔记或考试模拟题。她是身在课堂，心游万仞。有时候，她会翻开一本刚买的《诗刊》，眼睛里闪着光亮，思绪悠悠。

那一刻，或许她的心已飘荡在了故乡的草地上，或许正陶醉地栖息在一朵无名小花上……那样幸福地走神，我认为是一个中文系学生必修的一门课。

我喜欢坐在教室的最后一排，因为那样便于我睡觉、玩手机、发呆或者欣赏美女。

前桌的舒雅算不上是美女，但她身上有一种招人迷恋的气质，很特别，具体是一种什么样的气质，我说不上来，写小说的阿丰也说不上来，反正是那种显而易见却没法描述的一种魅力。我曾读到李琦的一首名为《头发》的诗歌：“有些爱很简单，简单得就像头发，你可以一目了然，却总是无法数清。”诗人敏锐的感觉与我对舒雅的美或者叫魅力的感觉，非常契合。

3

听说舒雅去师大艺术学院做裸体模特后，最无法忍受的人，是罗西。

他实在弄不明白那么清纯的她，不为赚钱，为何要将自己圣洁的胴体展示在那些同龄的男女生面前，任他们从不同的角度观察、描摹。她这是在为艺术而“献身”吗？

他一百个想不明白，那个家境并不差的她，那个听到别人说脏话、脸上都会浮现一抹羞涩的她，怎么会坦然地在众人的注视下脱掉身上所有的衣服……

罗西是开着奔驰车来学校报到的，他长得特别帅，再加上一身的名牌，惹来不少小女生爱慕的眼神。

罗西不单单是一个很张扬的“富二代”，还是一个绝对聪明的“学霸”，不少同学都在为外语四级怎么过关头疼时，他已轻松地过了六级。似乎也没见他怎么用功，成绩却是好得叫人嫉妒，年年拿一等奖学金。那些习惯了刻苦读书熬出高分数的同学直叹息：上苍实在太不公平，把什么好事都降落在了他的头上。

毫无疑问，罗西在大学校园里的回头率极高，明里暗里喜欢他的女生难以计数，连一向自负的诗人老木都说他若是一个美女，也一定会拼命地追他，只要罗西尚未步入婚姻，就坚决不会放弃。

罗西也毫不掩饰，大家都知道他有过两段恋爱史：一段发生在高中，那位同样很优秀的女孩之后考上了美国的一所名牌大学后，他们的恋爱也由此画上了句号。还有一段发生在暑假等待录取通知书时，他去海南旅游，与同团的一个江南女孩一见钟情，两个人很快便热恋起来。但没想到，那个女孩在一次搭朋友的车回家的路上，突遭车祸，香消玉殒了。他闻讯，惊愕得仿佛时光穿越了一样，以前在电视剧里经常看到的某些蹩脚的桥段，居然有一天如此真实地发生在了自己的身上。难怪在商海叱咤风云的老爸说出那样的慨叹——这世界上，就没有什么是不可能的，想象到的和想象不到的，都会突如其来地发生。

一场欢爱，刚刚有一个热烈的开头，转瞬便结束了，就像夏日的一场暴雨，来与去，皆无丝毫的征兆。

然而，真爱过了，就难免会疼。罗西在好长一段时间里都无法走出那段猝不及防的情殇，对簇拥在身边的各色女孩总是提不起兴趣。

4

罗西向舒雅表白爱情是在大一放暑假时，他开车送她去火车站。

那天，他直率地告诉她，他不可救药地爱上了她，不管她答不答应。

她却好像听着别人的事情，一脸平淡地说道：“哦，原来是这样啊！”

似乎一切都十分自然，自然得就像草原上的花落了又开了，不需要解释什么。

她没有问他爱上她的理由，也没有拒绝他，但她说了一句颇有意味的话：爱上，其实是一件很简单的事情，就像春风爱上杨柳。

罗西从不给舒雅送名贵的礼物，因为他知道，送了她也不会接受。

她爱上他，不是因为他殷实的家境，不是他出手的阔绰、大方，而是他自然流露出来的那份真，那是忙忙碌碌的人们身上日渐稀少的一种东西。

他们的爱情云淡风轻。

有不服气的女孩很不看好他们的爱情，认为她这个丑小鸭根本配不上他这个白马王子，明里暗里使着各种手段，期望能从她手里把他抢过来。

她却一副命运在握的自信：随便谁来抢，若他真的被抢走了，那不是因为自己还不足够优秀，而只能说明彼此爱得还不够多、不够深。

5

罗西问舒雅，她去艺术学院做裸体模特，为何不跟他商量一下。

她平静地回答："我觉得这是一个不需要商量的问题。"

他有些心痛："是不是我在你心中不够重要？"

她惊讶："你怎么会有这样的想法？正因为你是我心中很重要的人，所以我才相信你能够懂得我的选择。"

"可是，我真的不懂。"罗西压抑着心中的怨气。

"那就让时间告诉你答案吧，我不想多解释。"舒雅第一次有些陌生地看着他那张有些变形的脸。

"我希望你在我懂得之前，别再去做了，你没有注意到同学们异样的目光吗？没有听到他们私下里的议论吗？"他央求她。

"那是不可能的。我做的事情光明磊落，没有什么见不得人的，我不会在意别人怎么说的……"她意志坚定，仿佛红色经典里的一位久经考验的地下党员。

"我知道，你那样做是出于对艺术的敬重，可是……就算是我求你了，不要再陷入人言可畏的旋涡了，好吗？"他第一次向她低头乞求。

"别人说什么是别人的事情，我做什么是我的事情，你不用这样求我，求也没有用，就像爱情。"她斩钉截铁地说道。

“难道你宁肯伤害我们的爱情，也非要坚持你的这个选择？”他真的生气了。

“如果你想将自己错误的想法强加到我的头上，那我只能遗憾地说，伤害我们的爱情的，恰恰不是我，而是你。”她理直气壮。

“你总是有理，我相信你将来有一天会后悔的。”他扔下这句话，转身离去。

“后不后悔，那是我的事情，而且是将来的事情，现在我只想听从心灵的召唤，谁都别想改变我认准的事情。”她掷地有声地回应道，内心有种被侮辱的委屈，一股股地涌来，令她禁不住潸然泪下。

6

后来，罗西向舒雅赔礼道歉，说自己不该那样霸道地干涉她的选择，尽管是出于对她太在意了，因为深爱，才伤害了她。

她只说了一句简单的话：“你还是不懂我。”

而最好的爱情，不正是因为彼此深深地懂得吗？

他们原本被我十分看好的一段爱情，最终还是像许多校园里的爱情一样，经不起时间打磨，随着毕业季的来临，很快便成了一段冷暖自知的往事。

罗西毕业后，七年里经历了两段令人感慨唏嘘的短暂婚姻。如今，他一个人仍在情感的长河里沉沉浮浮，他不知道，什么时候，在哪里，才会遇见自己的真爱。

那个周末，我们俩在他的大房子里喝红酒，一杯又一杯，喝得两个人醉眼蒙眬。

罗西泪眼迷离地问我：“你说舒雅为什么不听我的话？我当初那样劝阻她做裸体模特，难道有错吗？”

“你没有错，她也没有错，错的是你们都太认真了。”我不无惋惜。

“难道爱情不应该认真吗？”

“当然，应该认真。但说到底，你我还都是俗人，还习惯于看着别人的眼神行事，还是太在意别人的说法，还是为别人活着。人家舒雅是一个灵魂有香气的女子，真正地懂得什么才算是活出了自我，我们和她还有着一段距离。”我拍拍他的肩膀。

“也许是吧。”罗西有些无奈地垂下头来。

7

后来，听说舒雅嫁给了一个比她年长十岁的旅行家，两个人天南地北地走了很多地方，爱人摄影，她写游记，出了两本书，很小众的那种，就像他们的爱情和他们的生活。

一位在欧洲邂逅舒雅的同学在电话中向我讲述舒雅的近况，说她还是像大学时那样率真，那样随心所欲，像三毛笔下的吉普赛人一样，叫人感到亲切，还有一点儿点儿的陌生。

末了，他慨叹：“很羡慕她和爱人那种洒脱的生活，但是，我们真的是学不来，也做不到……”

“因为有些从容、优雅、洒脱不是学来的，是与生俱来的，是藏在骨子里的，是渗透到灵魂里的一种香气……”我又想到了那天与罗西的倾心交谈。

“你说得真对，她就是一个灵魂里有香气的女子。”同学也赞同。

没错，有怎样的精神信仰，就有怎样的选择，就有怎样的人生。最好的活着，说到底，还是要超出物质层面的。让灵魂散发出迷人的香气，看似很容易，却要一生不懈地为之努力。

只是路过你

草长莺飞的五月，在上海的一次图书签售活动中，他没有过去让那位很著名的作家签名，虽然手里拿了他的书。

他躲过那边攒动的人头，走到摆放着传统文学作品的相对静谧的区域，在一排排书架中慢慢地穿梭，寻觅着自己心仪的书籍。忽然，他的心怦然一动，面前亭亭玉立的她，手里正翻着自己也十分喜欢的诗集《李琦近作选》。

双方彼此微微一笑，他抢前问候："你好，你也喜欢李琦的诗歌？"

"是的，我以前买过她的两本诗集，同事听说她刚刚获得鲁迅文学奖，求我帮忙购买，没想到第一次出差到上海，居然就碰到了。"她脸上洋溢着突然遇见的惊喜。

"是的，这年头诗集很不好卖，你看，偌大的书店只有这么寥寥几十种，能买到自己喜欢的诗人的作品集真的很幸运。”他深有同感。

“你也喜欢诗歌？”她突然有了一种他乡遇知音的感觉。

“喜欢，我还曾是小有名气的校园诗人呢。”他的眼睛里闪着自豪的光亮，仿佛又回到了朝气蓬勃的大学时光。

“哦，能告诉我您的名字吗？”她没有想到，面前这位帅气的男人还是一位诗人。

当他报出自己的名字时，她立刻惊讶地望着他：“哦，你就是《谁知道爱情曾经来过》那本书的作者？”

“是的，那是我的系列情爱美文集的一部。”他轻描淡写地说道。

“告诉你一个好消息，一定别骄傲啊。我们公司里有好几个你的粉丝呢，他们都特别喜欢你的文章，都很好奇你怎么会写出那么多令人感动的爱情故事呢。你真的拥有那么多姿多彩的生活吗？”

“你知道，那些都是文学作品，文学不是给生活照相。说出来你可能不大相信，我的生活经历简单至极，从学生到老师，一直没离开过校园。”他知道，有许多读者曾惊讶于自己怎么能写出那么多细腻的爱情故事。

“哦，我猜到了，你能够写出那些情感充沛、想象丰富的作品，一定与你的诗人情结有关。”她聪慧地轻轻地摇着食指，面带微笑地望着他。

“或许是吧，不过有些文章还很单薄。”他谦逊地说道。

“那是一种干净的单纯，我倒是觉得。”

“谢谢你的夸奖！”他第一次听到这样的评价，心情很愉悦。

无疑，与他在书店的不期而遇，也令她感觉十分惬意。回哈尔滨的列车上，她的脑海里一再浮现出他们一见如故的情节，心怦怦直跳。

尽管一直在竞争激烈的职场打拼，但她诗意的情怀始终不曾更改，就像好友说的，她心中渴望的浪漫与她每天手头要处理的那些琐碎的事情，实在是相距太远了。所以，她向往的幸福爱情注定依然只在梦中。

但是，她柔柔的心弦还是被拨动了，尤其是在那些夜深人静的时刻，打开他的博客，阅读着那些煽情的爱情故事，她不由得浮想联翩，情不自禁地想象着一脸阳光的他该是怀着怎样心情，一次次地端坐桌前，将绵密的情思化作了笔下轻盈的文字。

很少点评别人博文的她，忍不住给他的每一篇博文都写了评语。很奇怪，似乎他的文章她都读懂了，每一次阅读都会产生一种不吐不快的冲动。

开始是隐名的点评，但不久便被他敏锐地发觉了。于是，他们有了少许的电子邮件交流，他不喜欢网上聊天，甚至没有申请 QQ 号；她也一样，更喜欢手执一本喜欢的书籍，静静地阅读，他们上网的时间都被自己严格地限定着。

北方第一场雪刚下过，他便说这个冬天要来北方旅游，还想请她教他滑雪。她爽快地答应了，滑雪是她的拿手好戏，但她还是在周末抽了时间一次次去滑雪场练习，希望他来时能够看见自己在雪上轻盈飞过的倩影。

然而，直到又一个春天来临，他依然没来，也没有解释为什么。她发短信问他，他的回答只有寥寥的几个字：最近一直很忙。

他的博客也好长时间没更新了，在网上搜索一下，他近期发表的文章也明显地少了。那么，他近期在忙些什么呢？他不肯说，她也不便问，只是隐隐感觉他那里好像出了什么事情。莫名的疑惑和担忧竟让她有些寝食难安了。

偶尔，她也对镜自嘲——自己是不是有一点儿自作多情了？或许他根本不需要自己的牵挂呢。然而，心中的涟漪已然荡起，终是一时难以静止。

六月的北方已是烈日炎炎，看天气预报，南方更是酷热难耐。当她所在的部门有一个去南方短暂的出差机会时，几乎所有的人都找了借口退避，唯有她主动申请，表示愿意冒着酷暑前往，因为她心里有一个私密的想法——返程路过上海时可以去看看他。

在南京，她患了热伤风，吃了些药也没有多大的缓解。好在公司交给的任务完成得很顺利，客户单位主动提出为她买打折的回程机票。她谢绝了，找了一个借口，要绕道去上海。然而她刚刚上了动车，公司领导便打电话催她赶紧回去参加一个重要会议。

她算了一下，自己在上海站只能有三个小时的停留，而后就得赶紧从上海飞回哈尔滨。

还好，她在火车上如愿地订到了机票。

在列车上的盥洗室里，她认真地整理了仪容，然后有些疲惫地倚靠在座位上，微微闭上眼睛，想着好好休息一下，以免让他见到自己一脸的倦态。

走出站台，她并没有见到他的身影，前一天便说好了，他要去车站接她的。她想，或许是他临时有事耽搁了。她焦虑地在出站口徘徊着，终于忍不住给他拨了电话，竟然是关机。她的心立刻凉下来——难道是他不想见自己？

过了十分钟，再拨，依然是关机。霎时，一片阴云遮蔽了她原本晴朗的内心。

半个小时后，他的电话终于打过来了，说还要再等一段时间才能赶到。

阳光炙烤着大地，她连着吃了三个冰淇淋，依然无法阻挡热浪的围攻。那焦躁的等待漫长得似乎要让人发疯。距赶往机场的最迟时间还有不到一个小时了，他才匆匆赶到。

不过是一年的时间，他却仿佛苍老了许多，衬衫的领子浸着明显的汗渍。他连连向她道歉，眼神却分明有些游离了，全然没有初相见时那洋溢的神采了。她的心莫名地疼痛起来，为他，也为自己。

好容易在附近的一个人声鼎沸的肯德基店里找到两张空位坐下来，他又排了好一阵队，买了两杯饮料。

在他有些零乱的叙述中，她知道了他去年冬天被一场作品维权官司缠住了，上个月又刚送走患了癌症的父亲，七年之痒的婚姻也走到了解体的边缘……他今天之所以迟到，是因为事先约好的律师临时决定出差，必须在走之前见他一面，他一出门，才发现手机没电了。

“哦，真是一个多事之秋，这么多的不幸都赶到一起了。”她看到了他鬓角斑斑点点的白发。

“是啊，有好几次我真切地感觉到，活着真是一件受罪的事情，特别能理解那些自杀者的选择。”无遮拦的沮丧让他的语气里透着一股挥不去的悲伤。

“这可不是你的风格啊！你的文章写得多阳光啊！”她多么希望见到的是洒脱地行走在文字中的那个他。

“那是从前的我，这一年里经历了一系列变故，我的人生观或许都要发生很大的变化，我不会再像过去那样乐观地生活了。”他叹了一口气。

“那也不能变成一个悲观者呀！”她怎么也不会想到他竟如此脆弱。

“有些事情，只有经历了才能深刻地体会到。”

“但你以前写的那些文章，并非你亲历的，认识也同样深刻啊。”

“不，那大都是一种肤浅的感觉，我以后恐怕再不会有兴趣写那样的文章了。”

“你以为自己现在就是深刻吗？你是消沉，是自我否定。”她有些气愤了，为他的消极。

在他不置可否的叹气中，他们短暂的会面结束了，她要马上打车赶往浦东机场。

没有想到，期盼已久的会面竟是那样令人失望。一路上，她不停地懊悔自己当初的决定——若知道是这样的，她宁愿不去见面。

此后，再去看他的博客，她竟有了一种生疏的感觉，似乎有一种无形的隔膜覆在那文字上面，让她的眼睛和心灵都有些迷蒙起来。

再后来，她又读到了他的一些文章，已难以产生曾经那种难以遏制的感动。

直到有一天，她无意间看到作家安宁的一本书《只是路过去》，瞬间，她便释然了——没错，自己也只是路过他，像茫茫人海中擦肩而过的千千万万的人，像骤然绽放的烟花，于她而言，他只那么灿然地一闪，便融入了一片清凉的孤寂。

只是，偶尔她还会忆起那些美好的点点滴滴，连同那些莫名的忧伤。毕竟，那些生命中的真和善，曾如此真实地来过，又在不经意的转身时渐渐地走远了。

我愿意等到花好月圆

在《知音》杂志组织的一次笔会上，她遇见了他。彼时，二十五岁的他刚刚考上京城某名校的硕士研究生，踌躇满志。而二十八岁的她，是在流行期刊界风头正健的写手。

参加笔会的女作者只有两个，她被许多男作者簇拥着，微笑着承接那一声声“美女”的宠爱，任他们开一些不荤不素的玩笑，一副见惯大场面的洒脱让她赢得了更好的人缘。

只是，他有些书生气，不愿与大家说笑，对她则很亲切地称“吕姐”。她眉宇间流露出欢喜，碰到别的男作者逼他喝酒，她便挺身而出，呵护有加：“不准欺负我的弟弟！”

“刚认识的弟弟，就被姐姐这么宠着，真叫人羡慕嫉妒啊。”来自西藏的大汉扎马平措说出一大群男作者的心里话。

“就是宠着了，谁让你们早生那么多年，还生得那么缺少可爱呢。”她一脸的坦然。

短短四天的笔会结束了，她和他竟有些难舍难分了。

彼此留了联系方式，他返回北京，她飞回杭州。

接下来，便是顺理成章的男欢女爱，你侬我侬。

她将自己的稿费寄给他，让他安心跟着导师做学问，别再挤时间写稿赚生活费。

因了一份幸福的等待，她感觉自己突然又年轻了好几岁。那些一个人噼里啪啦地敲稿子的夜晚也变得那般富有情调，曾经的寂寞与孤独立刻跑远了。

有爱可以等待，真好。她甜蜜地想象着自己三十周岁时，穿上漂亮的婚纱，接受亲朋好友的祝福。

然而，三个秋天就要过去，硕士学位证书刚拿到，学业优秀的他又考取了美国加州大学的博士研究生。他愧疚地请求她再等他三年，等他博士毕业再来娶她。

她一口答应了。亲朋至友却不免为她担心——她已经等三年了，还要等三年，太漫长了。再说，他比她年轻，到大洋彼岸繁华之地留学，若是受了什么诱惑，变了初衷，又该如何是好？报刊上经常会看到许多原本相爱的人因为身处两地，最后导致劳燕分飞。

她却一副命运在握的从容、淡定，笑着告诉他：“安心地读你的书，我等你。”

在许多人看来，隔了重洋，虽然有现代化的沟通手段帮助两个人跨越时空的距离，但他们那样爱着，似乎怎么也不如面对面的执手相握更人间烟火一些，更让人心暖一些。

她却分明感觉，他就在那里，不远不近，两颗相爱的心从未分离，也从不会分离。

那些被思念缠绕的日子里，她学会了写诗，学会用简短的文字传递绵长的情思。她欣喜地发现，自己仿佛进入了那些古典诗词描绘的意境当中：守在深闺，翘首期盼着赶考的郎君早日衣锦还乡。只是她的诗文中没有庭院深深几许，也没有那些“一怀愁绪，几年离索”，更没有“才下眉头，却上心头”的离愁。

在这样一个“纸张很贵，感情很薄”的时代，一个人守着一份坚贞的愿望，不急不躁，无怨无悔，她可真是修炼到家了。

父母焦急地多次催促她赶紧完婚，她却不慌不忙地说：“他让我等，我就等他好了。再者说了，他不也是一个人在等我吗？嘿嘿，我们怎么也不用等到地老天荒的。”

“真是傻闺女！你就不怕……”老人的担忧不无道理。

“我愿意这样傻，谁让我爱上了那个傻男人呢？”自己多么看好这份爱情，她心知肚明。

又一千多个日子过去了，他博士毕业了，正打算结束六年的马拉松之恋，赶紧回国，与她步入婚姻的殿堂。不料，他的博士生导师极力挽留他在自己的实验室再工作两年，协助导师完成一个非常重要的课题。师恩难忘，盛情难却，他也深知，那样的一个好机会对于他今后回国发展是大有益处的。可一想到她又要等两年，他实在难以开口。

她懂得他的心思，轻描淡写地告诉他：“安心留在实验室里，好好做你的研究。我等你，等你给我戴上钻戒。”

许多人都惊呼她简直是疯了，等了整整六年了，她都三十四岁了，还要等，一个女人最美的时光都交给等待了，难道要等到风烛残年吗？

她微笑着回给大惑不解的众人三个字：我愿意。

不是没有过惶惑，不是没有过犹豫，只是既然深深地爱了，难道几年的等待还是问题吗？一个人的时候，她喜欢听《新白娘子传奇》的主题歌《千年等一回》，她觉得那首歌是专门为她这样的人写的，那一往情深、那坚贞不渝、那海枯石烂不变的执着，分明是这世间最美的爱情……

最后，她等来了自己希冀的幸福。他们的婚姻浪漫如诗、绚美如花，谁见了都会羡慕和赞叹。

这时，熟悉他们爱情经历的人们才恍然发觉：原来，执着而痴心的她，一个人抱着一个美丽的梦痴痴地等了八年，只为等到如今的花好月圆。

没错，爱情旅途中的一些傻、一些痴、一些愚，其实都藏着智慧，只有懂得爱情真谛的聪慧之人才会那样心甘情愿地等待，才会等到欢喜连连。

三个人的地老天荒

“重要的是我们曾经爱过，别说这样的选择是对是错。因为这是成长的日子，而我们都想拥有更好的收获。”这是在校园离别的泪雨纷洒的七月，他送给即将赶赴北京的琳最后的诗句。

那一刻，他知道她的心也一定在流泪，因为那结束的毕竟是一段美好纯洁的初恋啊。几经踌躇，琳最终还是带着一缕愧疚去北京闯天下了，而他却不能与她同行，因他已和保送他上师范大学的母校签订了毕业返校教书的合同。

时光似乎能把一切淡化，两个人通了几封信后便转入了各自忙碌的生活轨道，彼此断了联系。毕业两年后，他结婚了，妻子是他的同事樱，教英语的。

樱知道他曾刻骨铭心地爱过一个叫琳的女孩，尽管他一再轻描淡写那段初恋，一再表白他最爱的人是她，她还是凭着女人特有的敏感，从他眼里读出了他对逝去的初恋有着怎样的隐痛。她不是那种心胸狭窄的女人，她理解丈夫的爱，喜欢他的用情之真，也正因如此她才愉快地嫁给了他。

夫妻二人同教毕业班，家里家外切磋教法，常常为一个小问题愉快地争执半天。每每谈及自己所教的学生有了进步，他们都像自己中了奖似的，眉宇间写满了欢欣。偶有闲暇，中文系毕业的他就给她讲一串好听的故事，这时她总会幸福地依偎在他怀里，眨着调皮的眼睛追问他讲的内容是真是假。他刮着她漂亮的鼻梁，逗她："你去问作者呗。"她怂恿他也写点儿文章，他真写了，而且寄出去就发表了，并且一发不可收拾，他的文章频频出现在各种期刊上。好几家单位要调他去，他舍不得离开校园，幽默地调侃道："我还是离老婆近一点儿好，我怕离她远了，经不起诱惑变坏了。"

先忙事业，过几年再考虑要孩子，俩人想法一致。于是，温馨的灯光下，灿烂的阳光里，随处可见他们夫唱妇随的动人情景。朋友们看到他们把一份简单的生活经营得那样情趣盎然，总要羡慕地赞叹他们是最佳的结合。

没想到，他们的爱情会因一件大事而不平凡起来。

一天，他偶然听到一个让他惊愕不已的消息——琳患了肾衰竭症，已多次透析，医生说唯有换肾才能保住生命，但目前尚未找到合适的肾源，她一时也拿不出那笔高昂的手术费。

来不及与此时正在南方开教研会的妻子商量，他把家中所有的储蓄都取了出来，又东挪西借了五万元，匆匆地踏上了进京的列车。

看到病榻上的琳憔悴的面容，他的眼角一阵灼热。他懊悔这几年相信了她的话，以为她真的在北京闯荡得很好，没想到她在北京其实只拥有过极短暂的一段幸福时光，离婚后的她带着女儿换了好几家单位，日子一直过得很窘迫。

“你病成这个样子，为什么不告诉我？”他怜爱地望着琳。

“我很高兴你找到了幸福的爱情，我不想打扰你们，因为我和你已经分手了。”琳的微笑里藏着只有他能读懂的内容。

“你真傻，人可以分手，爱也能分手吗？”他想说在他心灵深处有一个很重要的位置，一直在为她留着。

在琳的病床前守护了三天，他又去看了她五岁的女儿晶晶。他把兜里所有的钱都塞到琳的手里，鼓励她一定要挺住，他回去会发动所有的关系为她寻找相匹配的肾源，手术费用的问题也不用担心，他会想办法解决的。

拭去她汹涌的泪珠，他恋恋不舍地握别了琳。

快到家时，他的脚步第一次沉重起来，虽说他了解自己的妻子，可他毕竟拿走了她婚后辛苦攒下来的全部积蓄啊。樱说过等攒够了钱先换一栋大房子，再给他买台电脑，然后给自己买台钢琴，还要争取去海南旅游一趟……他和她设计的那一大串美妙的梦想，不知会因此推迟多久，何况他还欠下了一笔不小的外债。

忐忑不安地回到家中，迎接他的是又一个惊讶——樱刚刚到家就自作主张卖掉了他们刚分到的五十平方米的小屋，租住了一个更小的房子。

樱一身疲惫地倒在床上，招呼他为她捶捶背，嗔怪他："我帮你做好事，筹钱为你的心上人治病，你还不好好地伺候伺候我？"

"你怎么比我还慷慨地帮她？你不觉得委屈吗？"没想到樱竟比自己还要关心琳的安危。

"谁让我是你妻子呢？关键时刻能不跟你并肩携手吗？"原来，樱一回来就知道了琳的病情，只犹豫了片刻，她就把房子卖掉了。

"樱，我该怎样感谢你呢，我的好妻子？"他紧紧地拥着樱，感激上苍赐予自己这世界上最好的爱人。

"别感谢我了，等哪天带我去看看她，是什么样的美人让我的丈夫分手这么多年了还如此倾心呵护？"樱调皮的嗔怪让他心中流淌着如沐春风般的欣悦。

然而，故事最后还是留下了一个遗憾——琳最终没有做成换肾手术，因为一直没有找到合适的肾源。

在生命的最后一刻，琳把他和樱的手紧紧地贴在自己的胸口，千言万语都化作了眼睛与眼睛深深的凝望，化作了心灵与心灵紧紧的相握。

琳带着幸福放心地走了，女儿晶晶又有了疼爱她的爸爸妈妈。

一起经历了那场爱的救援，两颗默契相爱的心贴得更近了。数年后，两个人齐心协力，还清了所有的外债，把当初成串的梦想一个接一个地变成了现实。

如今，像许多幸福的三口之家一样，他们仍生活在那个普通的小城，很少有人知道他们曾在平凡中书写了一串动人的爱的故事，爱得那样纯洁而美丽，爱得那样真挚而深沉……

亲爱的忧伤，你好

那会儿，她一个人在京城寻梦，千辛万苦，都独自默默承受。她喜欢这座现代化的大都市：高楼林立，车水马龙，挑战和机遇无处不在。尽管四处奔波的那些日子里，她遇到过种种的不如意，但坚强的她都挺过来了。五年后，她实现了梦想，赢得了成功，在三环内有了自己的房子，开上了颇为气派的进口车。

只是，多年忙忙碌碌的打拼令她无暇顾及个人的感情问题，不知不觉间，她便步入了“剩女”的行列。每每在夜深人静时，站在自家的阳台上，望着窗外闪烁的万家灯火，一缕缕的伤感便会不邀而至，瞬间就包围了自己。

落寞时，她会斟一杯红酒，独自坐在柔和的灯光下，伴着古典的钢琴曲，慢慢地啜饮。偶尔，她也会点燃一支女士专享的名烟，夹在指间，吸不上几口，只是看着那细细的烟雾一点儿点儿地在眼前升腾、散开，一如那潜滋暗长的淡淡忧伤。

是夜，时针快指向凌晨两点了，她依然睡意全无。

打开QQ，所有的好友都不在线了。她不禁哑然：都这么晚了，谁还会像自己这样，如一条深海里的傻傻的鱼，一任暗夜的孤独肆意地啮噬？

蓦然，她想起那张英俊的脸，白白净净，略含忧郁的眸子透着异国风情的味道，给人一种很绅士的感觉。他是她在北京走进第三家公司的时候认识的，他的电脑技术很棒，电脑难题到了他那里全是小菜一碟。那天，她的电脑感染了一种极强的病毒，好几个同事自告奋勇地帮她，结果却无济于事。他过来，不到五分钟便手到毒清，干净利落。

此后，她知道了他是一个孤儿，至今不知道亲生父母是谁。他很小的时候就喜欢编辑电脑程序，那些在许多人看来枯燥乏味的程序编码，在他的眼里却是那样生动活泼，就像舞蹈的音符，有着神奇的魔力。

她请他喝咖啡。他轻轻搅动银质的杯盏，目光柔柔地向她致谢……那样美好的气氛，似乎最适宜展开浪漫的情节，她陡然心绪难平。

他是一位很好的倾听者，默默地听她讲述着大学毕业以来的奋斗之路，讲她的憧憬、她的激情、她的坎坷、她的苦辣酸甜……连她自己都感到很奇怪，那么多压抑在心底的话语怎么会一下子都向他倾倒出来了，仿佛他是自己最信赖的知音。而此前，他们仅仅有过屈指可数的两次交流，他们彼此了解得并不多啊。

在她絮絮的讲述中，他几乎没有插入一句话，只是偶尔地颔首，不时地“哦”一声，似乎她的那些经历有着某种无法抗拒的魅力，已将他深深吸引住了。

而她，滔滔不绝地叙述完毕，忽然有一种神清气爽的感觉，原来，一直以来她最需要的就是如他一样优秀的听众。

再后来，她跳槽去了另一家公司，事业开始风生水起；而他，被总部派往哈萨克斯坦。

仿佛两道交错的铁轨，短暂地交会后，彼此继续各自向前的行程。然而，毕竟对彼此有过好感，有过心有灵犀的懂得，但谁都不曾捅破，就像一畦韭菜，不割，留着，任其油油地绿。

在这忧伤弥漫的午夜，她忽然想起与他告别时他的真诚告白：“遇到困难的时候想着来找我，不管我在哪里，不管什么时间。”

此刻，她突然特别想听到他那春风般的声音……他此时身在何方？是否已经酣眠？是否还记得来自中国江南的她？

一切的一切，统统地不管了，她急忙调出他的手机号码，居然拨通了，他一下子就叫出了她的名字，语气里满是不加掩饰的兴奋，阳光一样自然。

“这么晚了，你怎么还不休息啊？”话一脱口，她恍然意识到北京与莫斯科有着五个小时的时差，他那边正是夜生活的酣畅时分。

“还没到休息时间啊！”他很认真地回复。

“我想你了……”只那么一句，被红酒醉红双颊的她便不知下面要说什么了。

“那你就买张飞机票来莫斯科吧。”原来，他已回到了莫斯科。

接下来，他给她讲了自己这几年不断变化的工作地点，从哈萨克斯坦到乌克兰，再到莫斯科；讲自己遇到的那些有意思的人和事，还不时地发出爽朗的笑声。这一回，反过来了，她做了他最真诚的听众，像在听一段段精彩的传奇故事。渐渐地，她心头那些莫名其妙的忧伤被轻轻地拂去。

从此，每当无端的忧伤袭来时她都会情不自禁地拨通他的电话。这让她自己都深感惊讶：仅仅听到他的声音，她的心便会立刻神奇地平静下来，仿佛他会施展什么魔法，一下子就可以让她的烦恼、焦虑、忧愁、落寞，转瞬之间就烟消云散。

甚至，交了男朋友后，她仍喜欢把自己最私密的心事一一地说给他听，尽管他并没有给她出过多少主意，偶尔的几句分析常常不大靠谱，令她忍俊不禁。可是，她仍愿意向他倾诉，也愿意倾听他的讲述。他们都是彼此最好的听众，认真，耐心，不随便打断叙述，不妄下结论。

爱情在如火如荼地进行，她的心情也一天天地灿烂起来。工作越来越忙了，她却没有感觉到多么疲惫，满心以为前面的日子一片光明。

说什么也没想到，就在她与男友准备谈婚论嫁时，男友的初恋突然从英国归来，两个人鸳梦重温将她推向了冰冷的谷底。

在那个月色融融的秋日午夜，她坐在酒吧里，一杯接一杯地向胃里灌着橘黄色的忧伤。

忽然，有人轻拍她的肩头，她猛地一回头，顿时惊呆："怎么是你？"

"很奇怪吧？我又回到北京了！"两个人手里的杯子轻轻一碰。

没错，正是他。分开五年了，他依然是她记忆里的模样，好像一点儿也没改变。

"真的？这次回北京就不要走了吧。"她突然想紧紧握住他的手，生怕他从眼前消失。

"好啊！我听你的。"他目光里流露的正是她渴望的似水柔情。

很快，她和他走进了婚姻的殿堂。

婚后的某一天，她依偎在他胸前，撒娇地问他："当年，你最喜欢我的是哪一点？"

"最喜欢你那淡淡的忧伤，像一首古老的俄罗斯民歌。"他直言不讳。

她惊讶地猛然站起："我第一次见到你，爱上的也是你那略含忧伤的眼睛。"

"是的，我们有共同的审美观。"他幽默地说道。

"可爱的忧伤！"她的心弦似乎被什么突然拨了一下，那么轻柔，又那么美妙。

那天，她在书店看到一本小说《忧伤，你好》，不由得心花灿烂，毫不犹豫地买下，一路心情明媚地喃喃自语："你好，亲爱的忧伤！亲爱的忧伤，你好！"

第六辑

不能花开，就请叶绿

一路登攀直达顶峰是一种人生，不时地换一条路走走也是一种不错的人生。不能花开，就请叶绿。很多的幸福，往往就站在转角处，有些人只是擦肩而过。懂得转身，才不会错过更多绚丽的风景；善于转弯，才会进入一片更开阔的天地中，自然也就会收获更多的惊喜。

转身，便是天涯

沉浸于一场注定无望的爱，最感动的那个人，竟是自己。

烟花三月，在细雨绵绵的秦淮河畔，一条幽深的小巷，让孤独的身影多了几分楚楚的哀愁，又多了几许令人心疼的美丽。

还记得，在周庄拥挤的人流中彼此擦肩的那一刻，像小说中某一个熟悉的情节那样，她不禁怦然心动，为他一脸的超凡脱俗，为他身上斜背的画夹。

与他目光相对时，她粲然一笑，空气仿佛凝住了，周边那些喧嚣的游客全都被她屏蔽了，唯有他占据着心中那一整张画布的中央，让她的思绪可以恣意地蔓延。

那就是爱了，只那么一眼，她便一往情深了，像扑火的飞蛾，那么不管不顾地朝他奔去，唐突得连她自己都脸红心跳。尽管早已不是那个青春懵懂的小女孩，也见识过太多或轰轰烈烈或平平淡淡的爱，她却依然无可遏制地爱了，激情澎湃，如一壶沸腾的水，碧绿的新茶尚未沏好，氤氲的气息便已缭绕开来。

其实，她亦深深地知道，他或许是她永远的白日梦，他最深的世界，自己或许一生都不会走进，但那又何妨呢？就像一盆扶桑爱上了整个原野，像一枚钻石爱上了宽阔的矿脉，她就那样头也不回地爱上了他。

当然，她爱得激情似火，却又理智如山。她只在那个距离上，爱他白山黑水馈赠的风骨，爱他穿越时光隧道的风度，爱他孩子般的天真和老榆树一样的沧桑。于她，他那样简单，似乎一览无余，又那样神秘，似乎总是无法读懂，就像一个充满诱惑的游戏，一上手，她便很难罢手了。

他是一个游走在天地间的画家，将更多的热情献给了那些色彩和线条。当然，聪慧的他早已明了她眸子里盈盈的深情，他很感动，只是他与她毕竟隔着太多的山山水水，隔着太多的光阴，更何况他早已有了妻儿，幸福的家庭生活让他做到了心无旁骛地攀登艺术的高峰。

就像是读不懂他的画，她不知道自己为何那样一厢情愿地爱上了他，明明知道结果是失望，她依然那样无可救药地爱了。

她请了假，在他租住的艺术家村旁也租了一个小屋，只为了能够方便地看到他画画。

她还开始留意电视上的饮食节目，跟着特邀嘉宾学了几道容易做的家常菜，有模有样地练习了好几次，终于鼓足勇气拿给他品尝。听了他的夸赞，忐忑得垂首低眉的她竟像中了大奖似的，快乐得心花颤动，几欲跳起来。

他要去敦煌采风了，她多么希望他像带上行囊一样，把她也带上。她愿意和他一路风尘仆仆，让西部漫卷的风沙吹动她浪漫的向往。可是，他没有邀请她一同前往，她也只能咬着牙，故作洒脱地向他挥手，祝他一路平安。

在那些分离的日子里，她从网上找来他的那些画作，一一地细细观赏。他那好闻的气息慢慢地从那画作中散发出来，让她情不自禁地陶醉，陶醉于一种被美好簇拥的想象里。她像一位芳心初绽的少女，镜中那一脸的潮红将无限的心事暴露无遗。

好几次，她想给他打一个电话，或者发一个短信，可最终她还是强忍住了，她怕自己就此一发而不可收，也怕他由此轻看了她。

她回公司上班了。那个周末，英俊的上司给她送来一篮水灵灵的鲜花，她才恍然想起那天是自己二十七岁的生日。面对一桌好友热情的祝福，她却走神了，心里特别渴望听到他的声音，或者能够收到他的一条问候短信。但是，直到夜色阑珊，朋友们纷纷散去，他依然音信杳无。

听着略含忧郁的苏格兰古典乐曲，她独自啜饮一杯红酒，泪珠滑落下来，一颗，一颗……

微醉时分，她颤抖的手拨动了那一串早已背熟的数字，另一端传来的，却是平淡如水的提示：您拨打的号码已关机或者不在服务区内。

关机？不在服务区内？一种说不出的凉，从头顶压过来，让她身子不由自主地一颤。继而，她苦涩地笑笑，为自己的自作多情。

那一夜，无眠，肯定不是因为那一杯红酒。她许久不曾有过的头疼，忽然一点儿点儿地厉害起来。

再后来，他去了西双版纳，又去了欧洲，似乎前面总有那么多魅力无穷的东西在深深地吸引着他，让他乐此不疲地四处奔波。她仔细地阅读他博客里的每一篇日志，并几乎在每一篇日志的下面都写下了评论，而他总是那么礼貌地回复两个字：谢谢。语气淡淡的，仿佛她只是一个普普通通的过客，只是偶尔地路过他。

不过，她还是无比甜蜜地幸福了一回。认识他两年后的一天，他忽然从日本给她寄回来一条绣着浅色樱花的丝巾，说感觉她系上一定好看。

那是当然的，她相信他的审美眼光，更何况那是他千里迢迢的心意呢！

然而，她与他的故事，就像早已料到的那样，彼此只有序言没有正文，只有问题没有答案，他依然走在自己选定的路上，远远地游离于她的视野之外。而她的青春时光也所剩不多了，同窗女友几乎都嫁人了，父母早就焦急地催促了，热烈追求她的两个男人也都转身开始了新的爱情。

那一日，她翻开一本诗刊，一首诗的题目顿时令她僵住——《我只是路过你》。

原来，自己一直固执拥抱的不过是一个美丽无比的白日梦，情真意切的自己只是路过他，今生注定无缘与他并肩，甚至无法追随他的脚步。

于是，释然。她神清气爽地转身，不再关注他的行踪，不再因他而隐隐地心疼。甚至只过了几个月，他的容颜便模糊起来，而她原以为会深深地镂刻在脑海里，永远无法抹去。

与一位作家聊起当年那段无疾而终的爱，作家一语中的：转身，便是天涯。

再精彩的一场戏终要有散场时刻，更何况那爱不过是生命中的一段插曲，再美也抵不过光阴的冲洗。

若干年后，当别人提起他和他的画作，她竟有种恍若隔世的感觉。如今，她像他一样，已经拥有幸福的婚姻，拥有人间烟火味十足的爱情。曾经那些泛着青涩的情节已像那个渐行渐远的春天，属于遥遥的往昔了。

你若安好，我便备胎到老

明媚的春日里，我与大学同窗安子一同喝酒，问至今仍在独身的他是否真的要一个人扛下去了。

他说不上欢喜也说不上忧愁地说："不这样，还能怎样？"

"难道你非得在一棵树上吊死？"我已经无数次地与他探讨过这个问题。

他却始终一个腔调："我愿意，这是我的宿命。"

面对他一条道走到黑的固执，我只能无语。虽然我原来很感动他爱得执着，但现在我觉得他这个爱情备胎恐怕注定要被流转的时光报废，他的坚持实在有些唐吉诃德了。

大学毕业二十四年了，安子之所以谢绝了数不清的婚姻介绍，是因为他曾爱过一个女孩，但那段如火如荼的恋情很快便无疾而终。如今，那个女孩早已嫁作商人妇，十年前便已移居澳大利亚。

尽管她也动情地跟安子说：“我曾经爱你，真的十分爱你，可是现在我不喜欢了。”

那是他生命中最悲催的时刻，本以为就要牵手一生的两个人偏偏要分开。悲伤在胸中翻涌，他却还在故作坚强地安慰她：“只要你开心，你怎么选择，都是对的。”

她劝他忘了自己，去找更适合的那个她。

他只说：“只要你安好。”藏在心里的后半句是——我便做备胎一直到老。

她很快便转身离去，看不出有什么悲伤，似乎只是放下了一份负担。就像当年多情而聪慧的林徽因，最终还是毅然地投向了梁思成的怀抱，只留给爱得痴迷的诗人徐志摩一个楚楚动人的背影。

最令人动容的，还是那位走不出爱的迷宫的大学者金岳霖，明明已经高调宣布退出爱情的角逐，却仍不远不近地追随在林徽因的周围，像一个恋上了爱情乌托邦的信徒，守着感动自己的一份爱情，一个人不疾不徐地体味人生。没有人知道，他那样的爱情到底是苦多一点儿，还是甜多一点儿。

“尽管你已经不爱了，可是我还爱着”，可以用一句时尚动人的话来表达——爱你，是我一个人的事情，与你无关。

虽然安子很少惊扰那个早已山长水远的她，只是偶尔地通个电话，传递几句问候和祝福，或一点儿点儿的关切，他始终站在那个很绅士的距离上，一点儿也没有死缠烂打的意味，似乎她的幸福真的比她能够嫁给自己还重要。

有些爱情就是这么不可思议，明明人家已经不爱了，你却还心甘情愿地做着徒劳无益的坚守，难道是为了证明自己爱的坚贞？我在安子的身上还是嗅到了些许孤独的味道。只是，我没有说，或许说了，他也不会承认。

忽然想起张爱玲那“低到尘埃里”的爱情，想到那些自以为是的一厢情愿的单恋，多么像旷野里一朵无名的小花，那么卑微地开着，美丽或者凄凉，只有自己懂得。

而真正的爱情不就是一种懂得吗？

如此想来，我真的没有资格对安子的痴情说三道四。或许我所谓的看透了、看明白了，终归不过是雾里看花罢了，他的坚持自有他的道理。即便是什么道理都没有，又何妨呢？爱情就是这么不合逻辑、不可理喻，真的说清楚了，可能就不是爱情了。

还是安子说得对——你可以不理解我的选择，但你不要用自己的理论来改变我。

走在霓虹灯闪烁的长街，安子非要买一束新鲜的、价格并不便宜的百合花，我有些不理解地问他买那花干啥，因为他说过自己经常出差，是没有时间照顾任何鲜花的。那会儿，他却笑着说了两个字——喜欢。

看到他一个人捧着一束百合花，很不协调地走在我身边，我说：“像你这样热爱生活的人，不找一个老婆过日子实在太可惜了。”

他却反驳我：“我有爱情，只是没有婚姻。”

我没与他争辩，因为知道自己总是说不过他，很多时候，似乎他的谬论也是真理。我和我的许多同窗都领教过他的种种奇谈怪论。

有时候想想，像安子那样有点儿不合常理地爱着，其实也不错。有那么一个人，不管走出多远，走出多久，还始终走不出自己的心。不是每一个凡夫俗子都可以把一份无缘的爱情坚持到底的。更多的时候，我们看到已然没了希望的爱情，便会挥挥手，再去别的地方寻找，这是非常自然的选择。

但是生活中，也真的有像安子这样执着于唯一的人，只要心爱的人幸福，自己就心安，哪怕做一个可有可无的备胎，也心甘情愿，无悔无怨。

说到底，或许那不是爱上了一个人，而是爱上了自己心中完美的爱情。

那些爱，云淡风轻

在京城举办的一次青年评论家高级培训班上，他与她邂逅了。

他们的相知比他们的相识要早许多。她是近年来冒出的一位颇“另类”的高校批评家，她那些不拘于学术范式而多有学术创见的率性文字，赢得了学界内外大片的赞赏与关注；而他，则更像一位激情壮烈的文化斗士，虽然偏居于西部的一个古城，却视野开阔，笔力千钧，锋芒毕露，读他的批评文章给人一种畅快淋漓之感。

他们的文章有一些相似，比如内里充沛的激情，比如诗化的个性言说方式；他们的文章也差异显然，比如她的慧眼独具、绵里藏针、信手拈来，他的高屋建瓴、大开大合、粗放不羁。尽管彼此从未谋面，但相互间早已在心底敬佩着对方，仿佛两个未入流派的世外高手，英雄相惜。

及至相见，他才愕然：像她这般秀气得有些纤弱的江南小女子，似乎更适合写些“人生若只初相见”之类的青春美文。而他亦出乎她平素的想象：他并非彪形大汉，也没有满脸络腮胡子，更没有咄咄逼人的气势，乍一看去，他更像一介白面书生。

两个人不禁相视一笑，第一个相同的感受是：确实不能以貌取人啊。

培训班开课没几天，他和她便坐不住了，那些专家学者的高言大义实在不能吸引他们，倒是大街小巷那些茶馆酒肆让他们难以拒绝其诱惑。

先是他主动邀了她，而后是她热情地邀了他，再后来就分不清是谁邀谁了，反正校园附近大大小小的酒馆、酒吧，都留下了他们开怀对酌的身影。

其实，她的酒量不大，但她爱喝酒，尤其喜欢与爱喝酒的人对坐，因为欣赏饮酒人率真的言行；而他称得上一个真正的豪饮者，即使醉了也绝不失态。借着那酒，他和她如老朋友一样心无芥蒂，畅所欲言。

他性情豪爽，思路敏捷，只一杯酒下肚，便滔滔不绝，再饮一杯，更是妙语连珠了。她则喜欢以手托腮，像一个天真的中学生，歪着头听他说。间或，她也会来一句精彩的插话。

酒酣之际，他逗她：“光听我演讲了，你得付学费啊。”

她伶牙俐齿地反击：“有这样的红袖陪你喝酒，听你肆无忌惮地放言，你该付我学费才是呢。”

只此一句，他就不知该如何反驳了，只得说道：“你厉害，我服气。”

她嘴里回敬着“还是你厉害”，抬手为他斟酒，两个人举杯深情一碰，彼此眼神里的丰富内容，她和他都懂，无须点破。

那一天是她的生日。不知他是如何知晓的，他选了一家特有情调的酒吧，点了她非常喜欢的那种名贵的法国红酒。在那有些迷离的灯光下，默默地听着悠扬的钢琴曲一支接一支地缓缓流淌，他和她轻轻地啜饮着那些温润而绵长的液体，安静地沉浸在那氤氲弥漫的氛围里，忘却了时光的流逝，仿佛整个世界都温柔起来。心的怦动，变得那样清晰。

这样真好，看着她微醉的面庞，多像一首婉约的宋词。

这样真美，看着他手足无措的天真善良，多像梦中的初恋。

他们其实什么都没说，他们似乎又说了很多很多。他懂得，她也懂得，他们半尺之外默默无语的凝视，是爱，是让无数的语言都苍白的爱。

培训班结业的晚宴上，只那么一杯，他便有些醉了，醉得怅然无语。她亦醉了，醉得泪眼婆娑。别人不知道为什么，他们却心知肚明。

无数个日子过后，她仍能清晰地回忆起那个生日酒会上他热切伸出又陡然收回的手，那一定是在说：对于她的世界，他已迟到了一步，也就注定迟到了一生。对于她，他倾情送上的只能是祝福。

而他独自把盏时，也经常会怅然若失地想起她那明媚的眸子，想起她隽永的笑容，仿佛听到她轻轻的心语：只能站在那个距离了，不是不爱，只是不能。

虽然互留了手机号码和电子邮箱，却像约好了似的，他和她都没有拨响那一串难免会掀起情感涟漪的数字，而是不约而同地更加关注报刊上彼此的名字，从那些研讨会、座谈会等活动的报道中了解到彼此的行踪，知道了彼此都在世俗而优雅地忙碌着。更多的时候，他们在大堆的文字中间欣喜地发现对方新写的文章，比看到了自己的文章还要兴奋，总要迫不及待地一口气读完。因为彼此心有灵犀，那些恣意、灵动、深刻的文字，很容易扣动他们敏锐的情感经纬，读着读着，就会情不自禁地脱口而出一个字——好。

数年后的一天，他去北京一家出版社谈书稿的出版事宜，不经意间得知她此时也正在北京参加一个女性文学研讨会。他迟疑了一会儿，还是拨通了她的手机，这竟是他们那次北京一别后的第一次通话。她立刻就喊出了他的名字，那声音里满是惊喜。

还是当年的那个酒吧，重新装修后更多了一些现代化意味。

旧地重逢，举至眉前的杯子微微地颤动着，他的眼睛里又多了几许沧桑，她亦然。他故作轻松地笑笑：“你还是那样美丽依旧啊！”

她莞尔一笑：“你也一如从前那般英俊啊。”

两个人轻轻地碰杯，慢慢地啜饮，无数话语尽在不言中了。

当然还是有许多话要说的，零零碎碎的，不过是工作、家庭、写作中的寻常话题，简单而有些散乱。他没了曾经的健谈，她却多了女人的絮叨，像是反串了角色，他成了一个喜欢静默的倾听者。只是他的心此刻并非真的静如止水，而是波涛暗涌。

不知怎么就提到了往事是否如烟这个话题，他仰起头来，望着她的眼："你相信缘分吗？"

她没有迟疑地点点头："我相信有些结局早已注定，冥冥中的某些力量是无法抗拒的。"

他仿佛在自言自语："有时即使努力地挽留，握住的也只是一缕怅然。"

"所以，才有了那些刻骨铭心的遗憾，一生一世。"两行泪终于忍不住了。

他把纸巾递过去，她多么想就此握住他的手，任他温柔地为自己拭去疼痛的幸福。此时此刻，她心里特别地渴望。

就在十指相触的瞬间，她忽然改变了主意，接过纸巾很不淑女地飞快一抹，迅速转移话题："还这么容易激动，看来还不够成熟啊。"

一句笨拙的掩饰的话，让他眼中蓄满的晶莹再也撑不住了。

"呵呵，被你传染了。"他苍白地辩解了一句。

"一样的德行，这辈子都无可救药了。"她轻松的一句话将曾经与此刻的种种美好，全都涵盖了。

出了酒吧，顺着灯火辉煌的长街走了不足百米，互道一声“再见”，他们各自打了出租车，一个向南，一个向北。

再后来，他们再没相见，仿佛被带进大海的两枚叶片，他们甚至没有再通过电话，包括节日祝福的短信也没有发送过，似乎他们从没爱过。

是的，他们都是绝顶聪明的，他们知道生命中的那些爱，本来就应该云淡风轻，那样才有美的意味，如陈年佳酿，值得细细地一品再品。

我不会做一个追飞机的人

那时，他还是一个穷学生，是她将辛苦爬格子积攒的稿费全拿出来，帮他读完了研究生。还是她，费了无数的周折，赔了那么多的笑脸，终于帮他留在了省城，并谋到一份相当不错的工作。

新婚之夜，他满怀感激地说："你为我做了那么多，今后我一定好好地回报。"

她捂住他的嘴："别说生分的话，因为爱你，为你做什么我都愿意。"

他感到更加幸福了，激动地发誓要一辈子好好地爱她。

两个人你唱我和，恩恩爱爱，日子如流水般向前奔淌。转眼间，婚姻进入第七年了，谁也没想到，曾信誓旦旦的他也未能逃脱"七年之痒"的魔咒，没能抵得住一个比她更年轻、更漂亮、更懂风情的女孩的诱惑。

他愧疚地提出分手时，她没有哭，也没有闹，甚至没有半句的责怪，好像早已料到这一天的到来，尽管前一天她还帮他熨好了周一要穿的西服，替他擦亮了皮鞋。

她没有接受他补偿性的照顾，与他平分了家产，拖着一个小拉杆箱，走出了那个留下了许多欢声笑语的温馨小屋。那一刻，她出奇的平静，仿佛自己只是出一次远门，冲他说了一声“好好照顾自己”，便转身离去，不再回头。

她也有汹涌的泪水，但没有在眼睛里流淌。

住进朋友开的宾馆里，她平生第一次那么长时间地将自己放进澡盆里，整个身子都被翻腾的白色泡沫包围着。她一遍遍地揉搓着不再柔嫩如初的肌肤，好似要搓去一截光阴。

开大了音响，眼泪簌簌如雨，而后便是撕心裂肺般的号啕。

情绪渐渐平缓下来，她给自己斟了一小杯红酒，慢慢地啜饮，她开始觉得浑身有一种解脱般的轻松。那一夜，她没有服一片安眠药，竟能安然入睡，甚至还做了一个让她差点儿笑出声的美梦。

第二天早上，当满怀担忧的朋友来敲门时，她正哼着一首流行歌曲，欣然地对镜梳妆呢。

朋友一脸惊愕，上前摸摸她的头：“不是发烧，是神经出问题了吧？”

她居然没心没肺地安慰朋友：“托菩萨保佑，本女士身体健康，心理健康。”

不纠缠也就罢了，为什么不伤、不恼、不怨、不恨？朋友一头的雾水，怎么也想不透。

她笑呵呵地把朋友拉到沙发上坐好，说：“很简单啊，我不能傻得去做一个追飞机的人。”

朋友恍然想起那次两个人到黄山旅游，中途塞车，朋友急得抓心挠肝，恨不得生出双翅飞过那蜗牛速度的汽车洪流，直达机场，转身看她，一副“爱谁谁”的样子。

朋友焦急地摇着她的胳膊，说：“若是赶不上飞机怎么办？”

“那就等下一班呗，反正我不能做一个追飞机的人。”那年，她二十五岁，却有着五十二岁的淡定。

既然明知留不住，为何还要死死地挽留？本已受伤的爱，为何还要弄得千疮百孔？何况当初彼此相爱是发自内心的，有着美丽动人的回忆，就像今天他们的缘分已尽一样，一切都是真实的。

她最喜欢杜拉斯的小说《广岛之恋》的最后一句：“我们就到此为止，仅此而已。而且，永远停留于此。”

从那以后，她将旧爱搁到了彼岸，一个人悠然地跟着一群老大妈在公园里晨练，一个人神清气爽地去健身房做瑜伽，一个人坐在大排档里边吃边看风景，一个人在酒吧里写诗歌，一个人去了马达加斯加，甚至一个人沿着三毛当年走的路线，穿越了一次撒哈拉……

谁也不会料到，她当年爱得那么炽烈，分手却分得那么决绝。如今一个人活得依然精彩，依然有滋有味。

如果一段爱到头了，请想想那个聪慧的小女子说的和做的，轻轻地告诉自己——即使那爱再美，走就走了，一个人还要继续赶路，绝不要犯傻去做一个追飞机的人。

她秀恩爱，我晒太阳

袁媛和男人曾经一同在国内外辛苦打拼，数年后，终于有了房子、车子，男人却开始移情别恋。那个让他转身的名叫张悦的女子，年轻，漂亮，还有一点儿才情，写得一手不错的文章。

知道已然覆水难收，袁媛不纠结，不纠缠，洒脱地放手，大度地将房子、车子尽归男人，存款对半平分。她转身离去时，脸上甚至露出淡淡的微笑。

闺密责怪她不该便宜了那个“第三者”，应该要房子，多要存款。

袁媛轻描淡写道：“男人都拱手相送了，房子、金钱还重要吗？”

“我是说，你一个人生活需要坚实的物质基础。”闺密考虑的是她未来的幸福。

“从前最困难的时候，兜里只有买两袋方便面的钱了，不也都挺过来了嘛。”袁媛似乎对接下来的生活信心十足。

没想到张悦抢了别人的老公，居然没有半点儿羞愧，还在博客里晾晒自己与那个“二手男人”的恩爱：从日常的家居生活到旅游度假，从工作的舒心到二人世界的温馨，一张张幸福洋溢的照片贴出来，一首首情深意切的诗歌贴出来，甚至连她煲的汤、摊的鸡蛋饼，也拍了照片放到博客里，引来许多的围观者。

有网友知晓张悦的爱情和婚姻的来龙去脉后，对她高调的张扬开始评论、留言，说她做了“小三”还不知羞耻地大秀恩爱。对此，她却全然不惧，顶着那些漫天而至的嘲讽、讥笑甚至谩骂，依然旁若无人地继续大秀夫妻恩爱。

那个被顺势推到风口浪尖的男人似乎真的被幸福冲昏了头脑，竟站出来撰文，逐一批驳那些对妻子指责的言论，毫不掩饰地妇唱夫随。

闺密将这一切讲给袁媛时，袁媛仿佛在听一个有趣的故事，面露微笑：“好啊，他们幸福就好。”

“难道你心里就没有别的滋味？”闺密有些愤愤不平。

“没有啊，她秀恩爱，我晒太阳，我们各寻各的幸福，这样的结果难道不是最好的吗？”袁媛一副世事洞明的平静。

其实从分手那天开始，袁媛就决定过一种全新的生活，她要像洒脱的三毛那样，背着简单的行囊走遍万水千山，让不同纬度、经度的阳光，陪伴自己一路前行。

她一个人去了夏威夷的西海岸，躺在温暖的沙滩上，静静地享受湿润的海风和暖暖的阳光。她蓦然发现，从前的各种忙碌实在没有多大意义。在哈瓦那岛上，听着那首《美丽的哈瓦那》，任阳光在头顶跳跃，她和当地人一同懒懒地坐在椰树下，望着碧蓝的大海，什么都可以想，什么都可以不想，仿佛真的进入了一个自由的世界。

那天，她在撒哈拉大沙漠里迷了路，居然一点儿也不惊慌，一个人裹着一张毯子躺在白天晒得很热的沙窝里，仰望深邃的星空，思绪悠悠，一夜无眠。

没有想到的是，她这个学工科的，有一天会拿起笔来，把自己一路行走的见闻和感受变成鲜活的文字，并且很快就引来了众多关注的目光。有出版社编辑找到她，给她出了一本书《人生要懂得晒太阳》，销量出奇的好，为她赢得了不少粉丝。

她接受了许多网友邀请，设计了最省钱、最便捷的行走路线，很多时候她都会选择搭顺风车，住汽车旅馆，或者睡网友的沙发，兜里即使只剩下很少的钱，她也从没发愁过。她说，一个人心里有了远方，接下来要做的，就是迈开双腿。

她特别喜欢晒太阳，在海滨、在大漠里、在繁华的都市、在偏远的山野，灼热的阳光、和煦的阳光、刺眼的阳光、轻柔的阳光……她喜欢沐浴阳光，喜欢接受阳光的亲吻。

袁媛在一篇文章里讲到在海地大地震发生后，她看到一幕震撼心灵的情景：在一片废墟上，十几个皮肤被晒成古铜色的难民围成一个小圆圈，跟一位来自欧洲的志愿者学习器乐演奏。不知他们从哪里弄来的那些稀奇古怪的乐器，努力了半天，也难以合奏成一支简单的曲子。可他们却饶有兴致，很认真地听从志愿者指挥，卖力地吹拉弹唱，强烈的阳光晒得他们满脸满身都闪着晶莹的汗珠。

她说，那些阳光里的演奏者，让她无论如何也无法与“灾民”这个称呼联系到一起。

她至今依然独身，却从未感到孤独和寂寞。她甚至感激那场突如其来的婚变，因为从此她开始了另一种生活，并由此更深刻地领悟了人生的意义。她写了许多有意思的文章，有不少充满哲思意味的话语被读者传抄。其中最令读者喜欢的，是那八个掷地有声的字：她秀恩爱，我晒阳光。

真好，一个人的时候，可以一边欣赏别人的风景，一边成为别人欣赏的风景。

转弯，遇见明媚的爱情

二十岁那年，她鬼使神差地爱上了那个男人。

她太优秀了，十七岁就考上了名牌大学，大三时被学校保送免试研究生。而那个男人除了有一张会哄女孩子的好嘴，真的很难看出他有什么优点，缺点倒是很容易就挑出一箩筐。可她偏偏就爱上了他，在大家惊诧的目光中，用事实为那句“男人不坏，女人不爱”做了最形象的诠释。

最可恨的是，那男人偏偏不知珍惜，一边跟她恋着，一边跟别的女子不清不白，其中还有一个甘堕风尘的女子。她知道后，生气地跟他吵起来，他信誓旦旦地说以后会改，但转身依旧花心肆意开放。如是，反反复复，她一再原谅他，他却变本加厉。她伤心，却始终不肯放手。

闺密急得直想捶她：“天涯何处无芳草，为什么偏偏舍不掉那一棵扶不起来的狗尾巴草？”

她一脸的无辜：“他是第一个让我心动的男人，他说过要爱我一生的。”

“他那些骗人的花言巧语，你也当真？你的情商是不是降到了孩童的水准？就算脑袋里灌水了，也不能爱得这样没尊严没原则吧？”闺密连珠炮似的敲打她，言语里全是“恨铁不成钢”的焦急和担忧。

“可是……”她还想辩解。

“没有什么可是了，你若是再不悬崖勒马，再不赶快与他分手，你就要陷入痛苦的深渊了，到时候恐怕真的是没人能救你了。”闺密不由分说地命令她立刻斩断那段孽缘。

她泪流满面地默许了。

“别哭了，有时候爱情不能一条路跑到头，该转弯时就得转弯。”闺密搂着她，两个脑袋紧紧地贴在一起，眼泪流得稀里哗啦。

冷静下来，再梳理一下自己与那个男人的所谓爱情，她发现那不过是自编自导的一段感动自己的独角戏而已，那一点儿点儿的小幸福和那么多的大伤心，对比如此强烈，而她竟一度冥顽不化地以为别人都不懂她的爱。

醒悟了，她更感激闺密的当头棒喝，否则真不知自己将如何面对残局。

飘雪的冬季，她遇到了枫——那个英俊又聪明的动漫设计师，他的真诚与热情像阳光一样无遮拦地呈现在她眼前，让她情不自禁地心生喜欢。

枫对她也是一见钟情，他说她眼睛里无瑕的真一下子便触动了他。

枫同她聊起文学，她不禁十分惊讶：大学读计算机专业的他谈论起各种文学现象和具体作品，居然信手拈来，毫不生涩，并且不乏自己独到的见解，他的某些颇新颖的认识让她这位文学硕士研究生也不由得点头称赞。一谈起他从事的动漫设计，他更是滔滔不绝了，他新奇的创意、他奇妙的构思、他宏伟的梦想……淋漓尽致地展示出他的智慧和激情，使得她不知不觉地仰起头来。当说到激动处，他会突然停下来，认真而谦逊地问她："你看如何？帮我提一点儿完善的意见吧。"

她夸他说得那么好，她真提不出更好的意见了。

他就挠挠头，有些腼腆地说道："你这么鼓励我，我更得好好做了。"

"我相信你会成为一流的动漫设计师，我愿意一生支持你。"她的眼里盈满了爱意。

"你喜欢做的事情我也会全力支持。"他把她的手放到自己紧张而温暖的胸口。

那一刻，她的心里灌满了幸福。

更让她喜出望外的是，认识他的第一个情人节，他专门为她制作了一个非常精彩而有趣的动漫短片，浪漫温馨的情节，新奇别致的人物造型，有力地烘托出了"我爱你"这个简单而永恒的主题。

闺密羡慕地让她找一个饭店请客，一遍遍地笑纳她和枫的感谢。那一天，他们且歌且舞且疯狂，恨不能把洋溢的幸福分享给遇见的每一个人。

“怎么样，转弯遇见的爱是不是很美？”闺密逗她。

“不是很美，而是最美。”她拥着闺密，大声地喊道。

所以，无论是年轻还是不再年轻的人们，请记住：在爱的路上，有时不能固执地一直往前走，而要学会适时地转弯。因为转弯，或许会峰回路转，会柳暗花明，会惊喜地收获更美的爱情。

送给自己一朵玫瑰

其实还在上大一时，他便暗恋她了，只是家境清寒的他内心里藏着别人不知晓的自卑，令他始终不敢向她表白，生怕自己遭到拒绝。直到考上研究生后，他才在室友的鼓励下，在她生日那天，怀着一颗惴惴的心送上了一束鲜艳欲滴的玫瑰。

她粲然的笑容是他收到的最好的礼物，整整一天他都被一种巨大的幸福包围着。

但再见面时，她却对他一如平常，彼此依然是不远不近的同学关系。而他，爱的灯盏毕竟点燃了，虽说还只是一豆小小的火苗，但那跳跃的光亮还是将他的心烘得暖暖的。他的固执必然让他不会轻易地选择退却。于是，他开始了执着的爱情追求之旅。

知道她喜欢鲜花，他便经常买玫瑰、百合、郁金香、康乃馨、满天星等各种鲜花，甚至不辞辛苦地上山采摘鲜花，一一送给她。她的女友指着案头不断变化的鲜花，不无羡慕地说她是遇到了这个时代的“最后一名骑士”，而她只微微一笑。

她终于还是被感动了，在他的九十九朵玫瑰递到她的手上时，她握住了他的手，与他一同去了校园附近著名的“情侣酒吧”。那一天，他特别开心，只喝了那么小小的一杯红酒便满面绯红，一副酒不醉人人自醉的模样。

沉入爱河的日子是快乐的，他省吃俭用，用攒下来的钱给她买各种小礼物，其中买得最多的是玫瑰，因为她就是他心中的“玫瑰仙子”。他喜欢她望着那些花瓣时眼睛里盈盈的欢喜。

得知父亲患了不治之症，是在他毕业论文写作最紧张的时刻。他再也坐不住了，向导师请了假，便急匆匆地赶到那个偏远的小镇。此时的父亲，已被病魔折磨得骨瘦如柴了。他的眼泪止不住地滚落，他想到了辛苦一生却没享多少福的父亲曾为自己这些年来的求学，付出的那些难以描述的苦、累和辛酸；想到父亲知道了生命以日计数后，还念念不忘未能看着他成家的遗憾……他拿了她的照片给父亲看，疼痛中的父亲竟憨憨地笑了，嘴里直说好，但拒绝了他想邀她到家里来看看的提议，理由是自己病成了这副样子，别让女孩跟着难受。

他留下来了，陪着父亲走过了生命中最后的两个月。

回到学校后，他起早贪黑地忙碌赶写自己被耽搁的毕业论文，很少有时间去陪她了。起初，她还有些不快，渐渐地她也不在意了，也很少来找他了，两个人连短信发得也明显少了许多，似乎他们的爱情也冷到了某一个淡漠的刻度。

终于完成了毕业论文，他如释重负地去找她，准备出去简单地庆祝一下，她却告诉他她马上要去北京参加一个招聘面试。他很惊讶，问她这么重要的事情，怎么从未听她提起过。

她却一脸平静，说他一直在忙，即使告诉了他，也帮不上她什么。

她说的是事实，可他的心里还是生了些许的凉意，因为她周边的不少人都知道了，而他这个男友竟浑然不知。

心中最担心的猜测很快变成了现实——她从北京回来后，就宣布与他分手。

他竭力挽留，说自己也可以努力去北京发展。她却说不是因为两个人的空间有了距离，而是心里没了爱的感觉。

还能说什么呢？她去意已决，纵使他泪眼婆娑地一再哀求，亦是覆水难收了。

弥漫于心头的伤痛让他一时间心灰意冷。独自一个人坐在临街的一个小酒馆里，一瓶廉价的二锅头喝得他头重脚轻。

回学校的路上，他跌了一跤，摔断了一条腿。

酒醒时，他发现自己已被同学送进了骨伤科医院。自己竟然也做了一回“酒鬼病人”，他羞愧满怀，挣扎着想逃出医院，那床头的牵引架却拉住了他。

正黯然时，许久不曾联系的小学同窗大伟却突然走进了病房。当年，大伟家是全村最穷的，他和妹妹都没读完初中便辍学了，尽管他们都挺聪明。十七岁那年，大伟跟着舅舅天南海北地打工，吃了无数的苦，遭了无数的罪，也赚到了不少钱。如今，他已经带起了一支上百人的施工队。

大伟听了他讲述的不幸遭遇摇摇头说："你那点儿挫折根本不算啥，你听听我的遭遇，就知道接下来该怎么做了。"于是，他知道了大伟一些鲜为人知的经历。

大伟的第一份工作是去砖场运砖。一天，他正埋头往车上装砖，不料一大摞砖轰然坍塌，他躲闪不及，被砖砸倒，掩埋了大半个身子，被同伴拉出来后，满腿都是鲜血，可他一听说老板负责医药费，他竟满意地笑了。

还有一次，那个建筑工地的老板拖欠了大伟他们那帮人两年的工资，他们睡在稻草上，啃着冰冷的馒头和白菜帮子，连回家过春节的车票都买不起，可他没抱怨什么，等到媒体曝光后，拿到那份工资，他竟有些不好意思了，说自己受点儿苦没啥，就怕家里人跟着担心。

那年，一位一起打工的南方人骗了大伟三千块钱，那可是他三个月辛苦打工积攒下来的血汗钱。但他也只是长长地叹了一口气，没有让懊悔和难过缠住自己，他甚至在意识到自己注定无法再找到那个骗子后，居然还跑到街上给自己买了一朵玫瑰，哼着小曲回到了工地。工友们惊讶地直摸他的脑袋，以为他被气傻了。他却笑着解释说，糟糕的事情已经发生了，如果再让糟糕的心情多存留一会儿，那么眼下和将来岂不是要变得更糟糕。想开一点儿，人生总有很多的不如意，赶快转过身去，远离伤感，相信总会有峰回路转的时候……

大伟还告诉了他一句在书上看到的话——错过了月亮，还有星星。

握着大伟的手，他的心中豁然开朗：没错，即使眼前所有的花朵都凋落了，春天依然会如期而至；即便所有的星星都被乌云吞没了，还有萤火虫一闪一闪地照亮前方的道路。

所以，我们真的不应该沉湎于失落的苦痛之中，而应该像大伟那样，就在今天，送给自己一朵玫瑰，送给自己一份重新开始的祝福，早日走出悲伤的泥淖，去拥抱另一片明媚的春光。

第七辑

万水千山走遍，
谁还是你念念不忘的美

走过人生的繁华与凄凉，沧海桑田湮没了无数的曾经，多少爱已是彼岸花，多少爱仍是水中月。缘已尽，情未了，谁仍是你念念不忘的美，那一抹璀璨了光阴的笑颜，那一个萦绕心头的倩影，像澄澈的晴空，轻轻地告诉我们——岁月静好，真爱如花。

不忘初心，一念风流

因为一个人，他开始关注一座城市，关注那里的交通，关注那里的天气，甚至关注那里的某些细微变化。虽然他未踏上那片土地，却早已在心里将那座城市一再抚摸。他走不出那份牵挂，如此遥远而又如此近切。

一次出差时途经那座城市，列车恰巧在黎明时分经过那片繁华地，他激动地望着窗外流淌的风景，竟有种到家的感觉，但双脚却固执地不肯迈下站台，不只是因为“近乡情更怯”，也不只是怕唐突的造访破坏了想象中的种种美好。

他和她青春的故事就像一首优美的抒情诗，留在记忆里的都是一些隽永而生动的句子。他在一次次的默诵中，细细品味其中的意味深长，如同一个人坐在静寂的午夜，啜饮一杯酽茶。他无数次听到屋外落叶的声音，感觉缕缕清风从面前拂过，仿佛他与她执手走过的那些明月夜又重新走来。

可是，他和她的故事与那年七月的丁香花一起飘落，空气中弥散的淡淡馨香，只是他填充寂寞的追忆了。他曾试图忘怀，试图尘封那段说不出对错的爱情，可第一百次努力地忘却后，却又一百零一次地被记起。而且，他愈来愈清晰地记起曾经的点点滴滴——校园清幽的小径、牵手追赶末班车、慌乱的初吻、青春诗会上的默契……那些心灵剪辑的情景，常常不邀自来。

当然，经过十多年的风吹雨打，他和她的生活已有了很大的不同，她已是那座城市里的成功人士，掌管着一家不小的公司。而他在经历了一场又一场感情伤害后，独自打拼，尽管他的锦绣文章遍地开花，可敲击键盘时的那份寂寞与惆怅，只有他自己知道。

望着那串辗转得来的像密码一样的阿拉伯数字，他多次冲动地想一一按下，但最后又放弃了，不是没勇气再听见她的声音，而是怕那声音加重他已有的失眠。

仿佛命运刻意的安排，他无数次在梦中精心设计的重逢，竟在那样一个不经意的中午完成了。人流喧嚣的北京长安大街上，一串肆无忌惮的笑声，将他的目光吸引到了斑马线对面的人行道上。蓦然，他的心似手被什么东西攫住了，他就那样呆呆地站在那里——没错，对面的正是令他无数次魂牵梦萦的她。此刻，她穿一身时尚的服饰，嘴里喷吐着烟圈，醉酒似的摇晃着，跟两个大腹便便的男人旁若无人地调笑着。耀眼的阳光下，她那张依然俏丽的脸上，写满了世俗，轻薄得没有了昔日淑女的味道。

像精心呵护的一块白玉突然失手撞地，面对一地的碎片，他竟一时手足无措。直到她走远了，他仍怅然地望着喧嚣的车流人流，慢慢地咀嚼那个叫失落的词汇。

她怎么会变成那个样子呢？这个疑问缠绕了他整整一个归程。

打开电脑，他翻看编辑们发来的邮件，有位年轻的女编辑给他发了一个类似脑筋急转弯的问题，前面是云山雾罩的层层铺垫，后面却是一个俗套而简单的问题——两个人为什么分手？他想了一大堆答案，然后打开另一个邮件，看到女编辑告诉他的标准答案。他不禁哑然——对啊，只是因为爱已经走远了。

爱已经走远了，那自己为何还要让情感陷在曾经的美丽中呢？

他想：该割舍那一段已然了断的情感了。

奇怪的是，尽管他一再劝慰自己洒脱一些，把目光投向前方，但他仍经常地失眠，仍经常地想起她。

真是初心难忘，一念风流。

即便爱已经走远，也并不意味着爱已不在了，就像水蒸发了还是水，真正的爱走得再远，都走不出心的疆域。

谁是你今生念念不忘的美

他是一个标准的好男人，在单位里是好员工，在家中是好丈夫和好父亲。他很爱她，每次出差回来，都会给她带一些礼物，让她惊喜地依偎在他的怀中，感受爱的温馨。周末，他会一个人钻进厨房忙碌，让她做一回骄傲的公主。他对她的那份宠爱，溢在眉眼间，花朵一样绽开在寻常的日子里，连外人都看得见。

夏日的一个黄昏，他和她在哈尔滨中央大街漫步，如织的人流中，两只相握的手，牵着幸福慢慢地走。街角处搭了一个舞台，聚拢了一大堆过往的行人，有专业的和业余的演员轮番登台，且歌且舞，为商家大肆宣传，使劲地凝聚人气。

他和她不想过去凑热闹，只想随便看两眼就走开。不曾想，只那么不经意的一瞥，他的心便骤然一颤，双脚陡然站定：舞台中央那个清纯的歌手，多么像高中时坐在自己前桌的那个她呀！

见他呆呆地发愣，她摇他的手，不解地问他："发什么傻呢，遇见谁了？"

他依然沉浸在自己的思绪里，像是回答她，又像是在喃喃自语："太像了，太像了。"

"太像谁了？"她看见有好奇的目光向他们投来。

"你看那个唱歌的女孩，特别像我以前跟你说过的竹筠，尤其是她那双清亮如水的眼睛，跟记忆中的一样美。"他兴奋得让每一句话仿佛都有了花的气息。

她再抬起头看，那女孩已翩然退场，只留下一个背影，让她快速地从记忆库中搜索那个叫竹筠的女子。哦，想起来了。恋爱时节，她曾撒着娇，从他那里刨出一些很想知晓的他的过往，那些淡淡的印痕，散发着若有若无的花香。其中，有一缕香就来自竹筠，她曾在他的书桌里面悄悄地塞了稿子和笔，曾向他索要过诗稿，向他请教过数学题，她黑葡萄一样的瞳仁里面，藏着豆蔻年华里的真与纯。而这些，都是二十年前的事了，似乎早已被流淌的岁月尘封。

走出很远了，他仍心犹不甘地忍不住一再回头。她嗔怪他："想起了前桌的那个她，是不是有一种初恋回归的感觉啊？"

他的目光越过涌动的人流，怅然一语："欲寄彩笺兼尺素，山长水阔知何处？唯有祝愿她一切安好。"

她见过竹筠的倩影，在他那张褪色的中学毕业照上，那个穿粉格衫的女孩有着灿烂的笑靥，是他心陌上的一朵小花，柔柔地开着，无声无息。那会儿，被幸福簇拥的她，曾霸道地命令他以后不要再看那张照片了。他默默地收起了照片，将他锁到书柜的一个抽屉里，真的许久不曾翻动，仿佛那一段云淡风轻的青春岁月，永远地被定格成了两首简单的小诗。

晚上，她在客厅里看着煽情的韩剧，泪眼模糊地喊他要纸巾，在书房里的他竟没有听到。她过去推开虚掩的门，见他手里捧着一本书，眼睛却呆呆地望着雪白的墙壁，仿佛灵魂已然出窍。她轻轻地走过去，打开那个抽屉，拿出压在最下面的那张照片，放到他面前。

他将她揽在怀中，一只手缓缓地拂过那有些斑驳的照片，轻声说道："她真的很美！"

她点点头，懂得他的深情。她一直都幸福地知道，她是他掌心里的宝，是他今生的最爱。她也清楚，在他内心深处的一个角落，藏着一个她永远都去不了的世界，也叫美好。

静谧的午夜，一阵急促的电话铃声突然响起，大洋彼岸的一声问候，穿越了万水千山和沧桑岁月，一下子便唤醒了她的记忆——那个会吹好听口哨的男子，是她的初恋。还记得他跑了好几里路，顶着风雪为她买糖葫芦，记得他用柳枝为她编织的花冠，记得蜜月旅途中收到他的祝福时的潸然泪下……原来，沧海可以变成桑田，而有些往事却依然清晰如昨。

那天，她读到一篇优美的散文，作家在回忆了自己一直难以忘怀的两个旧时知音后，如是感慨："其实，每个人的心中，都栖息着一些岁月无法冲淡的往事，都摇曳着一些名字、一些笑容。它们会在不知不觉时让心怦然一动，会在不经意时突然来访，一瞬间便会搅得人心海难平。那些金子般的珍藏，无须经常地翻阅，仍可以久久地温暖我们的人生。”

或许，就在此时，在一个遥远的地方，那个叫竹筠的女子，正守着床头橘黄的灯光，轻轻地翻看着几页简单的诗稿，而思绪却飞回了从前的某一时刻，与某一双手在遐思中紧紧地相握，满怀的温柔，满眼的晶莹……

谁是你心中念念不忘的美？谁是你记忆中永不褪色的一抹笑容？谁是你走遍万水千山依然萦绕心头的那个年轻的倩影？青山一样不老，碧水一样长流，像澄澈的晴空，轻轻地告诉我们——岁月静好，生命静美。

无法相濡以沫，就请相望江湖

英格兰歌唱家朱莉娅在巴黎留学时爱上了一位著名的音乐制片人柯里斯。彼时，柯里斯已有妻儿，她曾专程拜访过他的妻子，与其有过推心置腹的交谈。没想到那位金发碧眼的女子，坦言丈夫确实很招女人喜欢，但她也自信地告诉朱莉娅，谁都无法从自己身边夺走丈夫。

朱莉娅知难而退了，但她并未由此退出他的视线，而是继续在他的工作室兼职。此后，她竟与他的妻子成了无话不谈的好朋友。她说，那很正常，因为他们都爱那个优秀的男人。

回到家乡后的朱莉娅，依然同柯里斯夫妇保持着密切的联系，她经常会收到柯里斯寄来的最新流行音乐唱片。她第一次结婚时，柯里斯还专程前来祝贺，并当众献上了一枚心形的宝石项坠。

从最初的相识，到后来彼此相互真诚的关注，她们亲如一家人，一晃就是五十年。这期间，朱莉娅在事业上一路高歌猛进，也经历了三次失败的婚姻。柯里斯在赢得一项项大奖的辉煌历程中，饱尝了妻子病逝、儿子进了精神病院、自己患了尿毒症的种种痛苦。

那个落叶金黄的秋天，在香榭丽舍大街上，他们再次相逢。昔日的妙龄男女，均已是年过花甲的老者。彼此的眼睛里，流露的仍是温暖的爱恋。谁说红颜弹指老？他们欢悦地交流，一如烂漫的曾经，仿佛老去的只有时光。

不久，由尿毒症引发的并发症，将原本健硕无比的柯里斯折磨成了一个瘦削的小老头。她闻讯，再也坐不住了，立刻赶到他身边，拉住他的手，请求陪他走过生命的最后一程。他被她的认真感动了，同意她与他住到了一起。她像一个特别称职的妻子，细心地照顾着他的衣食起居。在同病魔顽强的抗争中，他们将一份至爱演绎得如此静美，一如那些经霜的红叶。

一场以分手开始的爱情，最终却走向了令人唏嘘不已的圆满。那不只关乎优雅的欧式风度，更关乎始终弥漫在心灵深处的真情挚爱。

在某一期的情感访谈节目中，一位八〇后女生，刚刚经历了一场撕心裂肺的爱情背叛。谈了七年的恋爱，那么多的海誓山盟，似乎早已将两个人连在了一起。然而，毫无征兆地，他竟爱上了她从国外归来的好友。分手时，他说自己依然爱着她，只是不能给她一份婚姻了。她愤愤然：既然分手，又何必说什么爱呢？她实在无法容忍他的那种虚伪，认为他的这番表白，是对她的欺骗，更是对她智商的嘲笑。

专家问她现在是否还恨他，她毫不迟疑地一连串地蹦出三个字：恨，恨，恨。

专家微笑着告诉她："我相信，他分手时说爱你，不是欺骗，也不是虚伪，而只是无奈。就像你此刻恨他，其实是心里有扯不断的爱。"

她面带困惑地盯着专家："我现在恨不得杀了他，哪里还有爱啊？"

专家一语惊心："恨，是因为有放不下的爱，如果不爱了，就会淡然或淡漠，不会像你现在这般在意他。因为，爱的反面，不是恨，而是淡漠。"

女生点头承认，他仍未走出自己爱的疆域。

曾经读过一篇文章《缘尽时，请让我们说爱》，两个年轻的博士，平静地分割了财产，道了祝福，在温馨的咖啡屋，听着舒缓的钢琴曲，彼此叮嘱着分手后的生活里各自需要注意的事项。甚至，两个人还开了一个友善的玩笑，仿佛他们不是在分手，而是在赶赴一场愉快的约会。

他们说，曾经爱得缠绵悱恻，现在只是感情淡了，并非消失了。既然拥有过许多美好的往昔，为何不在分手时，多留下一份爱，多留下一些美好的东西？

我们都是人间烟火里的凡夫俗子，在爱情和婚姻的道路上，有聚，就难免会有分。分手之后，依然能够真诚地说爱，就是对爱最好的珍惜。分手了，但生活依旧，收藏起曾经的甜蜜与忧伤，我们还要继续赶路，多一份爱的陪伴，相信后面的路会走得更好。

如是，若真的面对分手，请你依然说出你的爱，我也将坦然地接受那份爱，就像我们曾经幸福地走到一起，我们平静地道别，互致爱意，岁月静好，现世安妥。

纵然今生我们已无法相濡以沫，但请相望江湖，彼此永勿相忘。

苍老的是光阴，年轻的是真爱

他和她是大学校友，她小他一岁，但在她的眼里，他似乎永远是一个需要呵护的小弟弟。初时，他很感动，渐渐地便习惯了她姐姐般的疼爱。

他天生浪漫，就像他写的那些风花雪月的诗文。她很喜欢他身上散发出的诗人气质，读大学时便常常帮他买书、收发邮件。婚后，当他晚上写作时，她在添茶倒水之余，总会捧一本书静静地坐在旁边，任幸福的感觉在柔柔的灯光下漫溢。

或许是因了爱的滋润，他的写作才华得以淋漓尽致地挥洒，各类作品频频见诸报刊。踌躇满志的他，让她辞去那份很多人羡慕的工作，一门心思地做全职太太。而她对他的建议，似乎没有一点儿的犹豫，就像当初毅然地回绝那些各方面远比他优秀的追求者，义无反顾地随他来到那个僻远的小县城。她欣然地站在他的背后，为他进一步的成功甘做嫁衣裳。为此，几位熟知她的闺中密友都不解地连连慨叹——她肯定是被爱情冲昏了头脑，才牺牲了自己工作和事业，让两个人之间的距离不断拉大。

很快，年轻英俊的他成了某大学深受学生崇拜的老师，成了省作协签约的知名作家。而她，在多年相夫教子的辛勤操持中，眼角已经出现了许多明显的鱼尾纹，一双弹琴的纤纤玉指也粗糙生硬得让人见了总要不免唏嘘不已。

再纯美的爱情也难免沾染世俗的尘埃，尽管她一切都做得那样无可挑剔，但随着两个人身份、地位的变化，一道无形的裂痕还是悄然出现在了他们中间。当那个年轻漂亮的女研究生突然出现在他的生活中时，那道裂痕便不可避免地一天天地扩大了。

结婚十周年的那个情人节，他与情人在外面欢笑了整整一天，晚上才捧着一束已有点儿发蔫的玫瑰，敷衍了事地插上案头。望一眼她那透着憔悴的面容，他的心头不禁涌过一抹羞愧，暗自责问——当年浓浓的爱情，何时已被时光之水稀释？那些要“爱她一辈子”的海誓山盟真的要轻飘飘地走远吗？

坐在客厅里，张爱玲的“红玫瑰”与“白玫瑰”的爱情妙喻搅得他心海澎湃，年轻漂亮的情人和柔情似水的她，都是他爱着的“玫瑰”啊，他都不忍割舍，却终要割舍其中的一个。进退两难之际，平素不吸烟的他，一夜间弄了满满一杯子的烟蒂。

其实，聪慧的她已经敏锐地察觉到他的感情出轨了，只是她默不作声，继续做一个好妻子、好母亲，似乎什么都没有发生过一样，她只是希望他遇到的不过是一段转瞬即逝的浪漫而已。

然而，当看到这段日子里他频频的踌躇、他的焦躁、他的坐立不安时，她才恍然意识到——他不单单是对自己还抱着爱，对那个她并不知晓的竞争对手，他也是深深爱着的，否则，他不会为取舍难断而如此痛苦。

终于在那个周末，坐在酒吧里，他写好了给她更多物质补偿的离婚协议书，满怀愧疚地饮了一杯又一杯的烈酒。

回到家中，屋里静悄悄的，她没有像往日眉宇含笑地站在门口迎接他。桌上的汤锅里煲着他喜欢的银耳莲子粥，依然热乎乎的。桌上有一张写给他的纸条，上面这样写道："就像当年你爱我一样，你今天的爱也没有错，我真心为你祝福，祝你们爱得幸福、长久。别担心，我会好好地爱自己的，相信我还不会太笨，还可以打拼出一份新的生活……"

"你为他付出了那么多，怎么就那样傻傻地把自己辛辛苦苦培养好的男人，拱手让给了横刀夺爱之人呢？"在南方的一座都市租住的简陋至极的小屋里，好友愤愤不平地要替她去讨一份公道。

"因为不忍看着他痛苦，因为心疼他，才选择了放手……"她一语轻柔，让好友无言地与她相拥着泪雨纷飞。

原来，爱一个人，不一定非要与其厮守在一起。因为爱得太真，爱得太深，才不忍看着心爱的人痛苦，才会自己心疼地离开，因为爱，所有的付出都心甘情愿，因为爱，才肯无怨无悔地放手……

数年流汗流泪的打拼后，她已是南方那座城市里成功的白领人士，但她依然孑身一人。面对众人的关切，她只平静而坚定地说了一句话："我已'曾经沧海'了。"

那个寒冬，他因一场突如其来的官司失去了工作和婚姻，一时万念俱灰的他，揣着她的照片，打开了家中的煤气罐……幸亏被邻居及时发现，才避免了一场更大的悲剧。

"你怎么那么傻呢？不是说好了，我们都要好好地活着吗？"望着病榻上他那苍白的面容，她的泪珠急雨般簌簌而下。恍如梦中的他，紧紧地握住她的手："真想再喝到你熬的银耳莲子粥啊！"

"只要你喜欢，我会给你熬一辈子的。"她把银质的小勺举到他的唇边。他的眼泪再次滑落下来，透过两个人中间那升腾的淡淡的热气，他真切地懂得了：那荡漾着浓浓人间烟火味儿的爱啊，是要用一生的认真来悉心呵护和经营的……

所有的美好都与爱息息相关

1973 年，她出生于美国康涅狄格州，后来又成长于亚利桑那州菲尼克斯。童年时期，她便痴迷于世界文学名著，尤其是对那些描写美好爱情的经典作品，她更是爱不释手。

春天的一个午后，她从学校图书馆里出来，信步走过杨百翰大学实验室前的草坪，来到一个波光粼粼的水池前，蹲下身来，望着清清的池水，静静地欣赏池中那些嬉戏的游鱼。

蓦然，池水中出现了一个年轻人的倒影，久久地立在那里。她一回头，身后那个英俊的男子竟生了一双摄人魂魄的眼睛，那里面有冰的洁净，有火的热烈。只那么淡淡的一眼，她少女的心海便如被春风吹皱的池水，瞬间就漾开了心底的秘密。

四目相对的那一刻，她便认定了，眼前这个男子就是她无数次在梦中遇见的、注定要与她一生相伴的那个人。于是，在夕阳温柔的照耀下，她像一只有点儿羞涩的小鹿，兴奋地走向那个深情凝望的男子。他叫克里斯蒂安，她亲昵地称他为“潘乔”。

爱就一个字，却是她珍藏在瞳仁里的金子，是花蕊上晶莹剔透的露珠。她与潘乔就这样热烈地相爱了。校园里的每一条小径上，都留下了他们爱的足迹；每一块草坪，都倾听了他们爱的呢喃；每一座亭子，都记住了他们爱的身影……

那绝对称得上是一段缠绵悱恻的爱恋，彼此全身心投入，仿佛要还上他们在前世欠下的刻骨铭心的情债。

爱的烈焰熊熊地燃烧，她等不及毕业了，1994 年，她还在读大三，他们便申请结婚了。第二年，她大学毕业，获得文学学士学位。随即，她成了一名全职太太。

幸福的时光总是走得那么匆匆，转眼间，她已经是三个孩子的母亲。丈夫的工作压力更大了，每天都为失业而担惊受怕。物价在不断地上涨，她的心情像连阴天一样糟糕，似乎总有忙不完的琐碎家务，单调的一日三餐，三个幼小的孩子……她整天都在忙碌，却看不到什么成果。她不由得惊愕地发现，那些浪漫的好时光，已悄然被忙碌而庸常的生活代替了。

那天，她不经意地对着镜子一照，原本乌黑的秀发间，何时已生出了两根白发，而她才不过三十岁啊，怎么竟像窗外那辆老式的风车，多了些苍凉的暮色？

将只有十八个月大的小儿子艾里哄睡，她倦怠地坐在那张已破旧的木椅上，思绪不自觉地飘向了恋爱的时节。那时，她和潘乔总是有说不完的话，俩人每到一起便叽叽喳喳说个不停，一件鸡毛蒜皮的小事，他们也会饶有兴致地谈论半天。可是，近年来，潘乔回家越来越晚了，也不愿跟她交流了，似乎他们的婚姻也进入了可怕的“七年之痒”。她试着努力改变，但几乎没什么效果，曾经那个阳光的潘乔，已被生活的重负压得神采全失。

她不由得焦虑起来，担忧自己心爱的潘乔，会在某一天突然不辞而别。某一天，当她在辛苦地操持家务时，疲惫的潘乔在一旁淡漠地看着，不再像新婚时过来给她一个热吻，甚至从他的目光里，她能看到明显的木然。

那一刻，她的心被深深地刺了一下，她歇斯底里地放声痛哭起来。潘乔慌忙带她去看心理医生，医生诊断她患上了较严重的焦虑转移症。是的，容颜的改变、情感的失落、生活的不如意以及对未来的担忧，让她陷入了人生的迷茫中，一时看不到自己的出路。

“放松一些，只要心灵的纯净美好不变，老去的就只是岁月。”医生如是劝慰她。

听了医生的建议，她开始尝试着找回从前的自己。先从阅读开始，每天晚上，她都要读几页书，让书中那些美丽的故事情节，带她慢慢地进入梦乡。

在一个春意盎然的午后，她坐在窗前，手执一卷，昏昏地睡去。忽然，她的眼前出现一片绿茵茵的草地，明媚的阳光照耀着旁边那条潺潺的小河，草地上坐着一个漂亮的女孩和一个英俊少年。那少年的目光像冰又像火，嘴唇鲜红，正在向女孩倾诉。他是一个吸血鬼，却痴迷地爱上了她，正在爱她和杀她之间痛苦地挣扎……

她猛然醒来，梦中那迷幻的情景，却是那样的清晰，她立刻想到了当年与潘乔在大学草坪上的初次相见。

她飞快地记录下了那个梦，短短的一千个字，她读了又读。刹那间，一股神奇的冲动，促使她舞动手中的笔，要将那个绚丽的梦拉长，再拉长。很快，她便随着那些灵动的文字，进入了一个虚幻的美丽世界。她的忧虑、她的伤感、她的失眠……统统地消失了，她又回到了爱意盈盈的少女时代。

那个晚上，潘乔发现了她放在枕头下的那几页手稿，他激动地抱住她："亲爱的，那个浪漫的文学少女又回来了。"

她被惊醒了。原来，潘乔心中念念不忘的，是当年那个在杨百翰大学英国文学系读书的她，还有她那些天真烂漫的梦想。而她，这些年来，因沉迷于爱情的甜美，迷失于婚姻的枯燥，无意间已搁浅了心头那些玫瑰色的文学梦。

不能再迟疑了，她要遨游于文字的世界，继续她那不曾遥远的美丽的憧憬。在潘乔的鼓励下，她驾着灵感的马车，进入了梦幻缤纷的绚丽世界，把一个个纯洁美好的故事，用键盘敲打出来。

2004 年，她讲述的"这世界上最纯真动人的爱情故事"的长篇小说《暮光之城》一经推出，便引起文坛内外的轰动，很快便在全球畅销一千万册，连续一百五十二周位于世界畅销书榜首位。2008 年，好莱坞又将《暮光之城》搬上银幕，更是赢得了巨大票房。一夜之间，她拥有了数千万的粉丝。

很快，她的《新月》《月食》《破晓》等“暮光之城”系列小说相继问世。她的每一部小说出版后，都长时间占据着畅销榜前列。2010 年，她登上了福布斯作家富豪榜的第二位。

从没有过写作经验的家庭主妇，因为 2003 年春天里的一个梦，点燃了她的创作灵感，让她饱蘸深情，使少女时代便已萌生的文学梦，实现了无比美丽的绽放。

她就是被《时代》周刊评为“全球百名最具影响力人物”之一的美国畅销书作家斯蒂芬妮·梅尔。回顾自己的成功经历，她这样总结：“那看似很偶然的一个梦，其实里面浸润着我多年来纯美的爱，正是基于对爱情、事业和人生，永远不失美好的向往，才使我能够满怀热情地投入写作当中，将梦想变成现实。”

能够总是那样爱着，该有多么好

夏日，来去匆匆的地铁上，那样不经意的一次回眸后，她便心生爱慕。尽管他与她没有一句交流，彼此连对方的名字都不知晓，但那又何妨呢？她只相信上苍让她在最美的时候遇见了他。

此后整整一年，每天上班，她都要早起二十分钟，绕远乘坐那班地铁，只为能再次见到他。而他，竟如一阵突来的轻风，转瞬飘逝，再难觅踪影。

若干年后，她已为人妇、为人母，与朋友聊起初恋的故事时，她依然能描述出他的容颜、他的微笑、他的短袖衫、他肩上的背包，甚至他手中那本杂志的封面，她都能十分准确地描述出来。

似乎一切都还没有开始便已结束，那个他却深深地植入了她的记忆，像一颗闪烁的星星，一直明亮在她爱的天空。

多么神奇的暗恋，很简单，很深邃。

我第三次看小说《彼得堡最后激情》，仍看得心潮澎湃，唏嘘不已。

那不过是一位女子自传性的回忆：一个中国女孩邂逅了一个男人，便一发不可收拾地爱了，而那男人天生风流，从一个国度到另一个国度，身边一直不乏艳丽的女子。他与她们或真心或假意地挥霍着激情，对女孩痴情的追随不屑一顾，可她仍那样无怨无悔地爱着他，快乐而心疼地爱着他。后来，他患上了艾滋病，几乎所有的人都躲瘟疫似的远离了他，唯有女孩义无反顾地走近他、关心他、呵护他，一直陪着他走完生命的最后一程。

在彼得堡远郊的林中小木屋里，女孩像一个勤快的主妇为他煮好咖啡，与他一起望着窗外纷飞的雪花，静静地倾听时光远走的声音。那一刻，女孩觉得自己是这个世界上最幸福的人了。

那样执着的爱，很古典，很现代。

在一期《今生有约》的电视节目里，我见到了那样一段走过漫长的人生依然新鲜如初的爱情：整整守望了六十年的她，终于在弥留之际，与海峡彼岸归来的他双手紧紧地握在一起。已是耄耋之年的他们，尽管许多旧事早已淡忘，却依然清晰地记得当年他们走过的林间小路，记得她第一次与他约会时脸上羞涩的红晕，记得他离别前匆匆的叮嘱，记得他拿筷子的习惯，记得她走路的姿势……

记者问病榻上虚弱的她："为什么无怨无悔地等那么久？"

她轻声而清晰地答道："因为相信他在等我。"

再问当年只是定了亲、还没有走进洞房便被迫远走他乡的他，在几十年音信杳无的日子里，是否想过放手。他连连摇头："根本没有，因为相信她在等我。"

只因为相信彼此都在等待着对方，所以，六十年的烟尘岁月丝毫也没有模糊彼此心中那曾经花样的面容，没有淡去心中浓浓的情思。那绵长的等待，因爱意充盈的浸润，每一个细节里都散发着沁人的馨香。

那样深情的爱，很轻柔，很凝重。

像一树树的花开，那么多美丽的爱就簇拥在我的周围。比如，那些一见钟情的爱，那些缠绵悱恻的爱，那些生死相依的爱，那些平淡如水的爱，那些富丽堂皇的爱，那些或深或浅的爱，那些浓或淡的爱，那些或短或长的爱，那些或轻或重的爱……它们如清风明月般伴在我的左右，它们似水柔情地陪在我的身边，将温馨、温暖、温润的芬芳，徐徐地吹送。

我喜欢《魂断蓝桥》《泰坦尼克号》《罗马假日》《音乐之声》等影视作品中的那些爱，那些穿越了辽远的时空，依然会带来久久的让人感动与羡慕的爱，只是那么想一想，心里便暖暖的。

我也喜欢红尘中凡夫俗子每日上演的那些爱，譬如，那位站台上追着缓缓启动的列车将一包橘子塞进车窗的老农，那位和丈夫一起推着收废品的小车笑呵呵的妻子，那位像做学问一样认真的一丝不苟的修鞋工，那位守着一脉青山怡然自得的老人，那一对悬在高楼间擦亮城市的年轻夫妻，那两位牵手去西部支教的刚毕业的大学生……那些人间烟火味中的爱的织锦，一片一片地铺展开来，就像一簇簇美丽的花朵，美好了眼睛，富足了心灵。

那样爱着有多好。

因为懂得，因为疼惜，因为真挚，因为坚持，即便只是清纯的一次邂逅，也有了始终萦绕生命的怀恋；即使只是平常得近乎平庸的日子，也有了有滋有味的故事；纵然只是因了一语简单的承诺，也有了足以横亘岁月的传奇……那样爱着，很真，很善，很美，只轻轻地看上一眼，便叫人由衷地慨叹——那样爱着有多好。

世间匆匆行走的每一个人，多么希望你们能够像我一样——时常地，随处地，遇见爱，握住爱，与爱同行，书写爱的篇章。那样的日子，该是怎样的美好；那样的人生，该是怎样的幸福！

有一片明媚叫永远

古城，细雨斜风，青石板逶迤的小巷，即将负笈涉洋渡海求学的他，在向她絮絮地叮咛：“等着我，等着我回来。”

早已心泪成河的她，强忍别离的伤感，使劲地点头：“保重，一定快一点儿回来，快一点儿回来。”

那依依不舍的情景，转瞬便已定格成一帧斑驳的黑白照片。真的是红颜弹指老，六十年的烟尘岁月，流水一样无情地带走了他灼灼的青春。然而，记忆却始终在顽强地浮现曾经的点点滴滴，那些不邀自来的往事仍像花朵一样如期地开着，一片一片，温馨而美好。

他记得，那是桃花盛开的时节，她低眉的羞涩，如诗，偶到江南的他只那么一回眸，内心便荡起了层层涟漪。而情窦初开的她，也一样心潮难平。

于是，彼此很快就走近了。他跟着她一次次走过那座古城中弯弯曲曲的小巷，听她慢慢地讲述祖母浸着古典韵味的爱情故事，讲述她天真无邪的童年。当然，她也会静静地坐在城外的古河道上，津津有味地听他讲那些有趣的少年经历，听他声情并茂地为她朗诵那些古代和现代的诗篇，虽然她不是十分懂得那些诗句的意思，可是那里面流露出的活泼、鲜亮的美好，她能够真切地感觉到。

她依恋地望着他：“真好，你知道那么多的诗文。”

他深情款款：“你喜欢，我会为你写下更多更美的诗文。”

他真的写了，本来就才华不凡，又有了浓情蜜意的滋润，很快，许许多多优美的语句便从他的胸腔里汩汩地流淌出来。他只需将它们一一地认真抄录下来，就是一首首动人心弦的诗篇。她感谢上苍，让她不仅有缘遇到了他，更有幸与他彼此相爱了。

不曾想，当年“执手相看泪眼”地分别后，因战争、地震、搬迁、家庭阻挠等种种原因，他和她竟完全失去了联系，那些诗情画意的曾经由此成了彼岸朦胧的晓风残月，成了一触即碎的晶莹露珠。

然而，他怎么能够忘怀她呢？虽然已是耄耋老人，已定居澳大利亚，他仍揣着那张早已泛黄的照片。正值豆蔻年华的她，始终是他心头最美的一朵花，一直绽放在他那些美丽的诗文当中。为此，他毫不犹豫地错过了许多希望走近他的女性，其中不乏十分优秀的女子，一直一个人抱着不褪色的往事生活。

有一位电视台记者知晓了这样一段特殊的情感经历，大为感动之余，记者想为他特别策划一期节目，起名为“寻找永不消逝的真爱”，甚至特别精心地策划了美好的情境：诗意的古城，依依的垂柳，悠悠的河水，新旧错落的老照片，古典与现代交替的音乐，不同年代的诗句……他行走着，回忆着，找寻着……

当记者提出可以借助现代媒体的巨大力量帮助他找到始终难以忘怀的她时，他却出人意料地断然拒绝。

“为什么？难道你不想知道她现在哪里？不想知道她后来的故事吗？”记者困惑不已。

“知道了又如何？还不如这样流连于曾经的往事中，让明媚的记忆一直暖着心。”阅过无数沧桑的他，以超乎寻常的淡然缓缓地说道。

是啊，就算是能够找到她又如何？既然时光不曾暗淡初恋的那些美丽的光泽，就把曾经的那些明媚好好地珍藏吧，就在一遍遍地对往昔深情的抚摸与回味中，一次次走回永远不老的青春岁月，一次次走进爱情芬芳的心灵花园。

请目送那不成眷属的爱

那时，她还只是一名辗转于各酒吧的歌手，风尘仆仆地在别人的城市里追逐着自己玫瑰色的梦想。

而他，刚刚进入一家合资企业，介于白领和蓝领之间，也是一个寻梦人。

他们相识偶然得像蹩脚的小说情节，她那天的演唱结束后，接过老板给付的报酬，正准备转身赶往下一个酒吧，一位喝得醉醺醺的富商拦住了她，要她坐下来陪着喝一杯。

这样的情形她早已见惯不怪，忙赔着笑，轻轻地抿了一小口，便道歉着要离去。那位富商啪地拍出一沓百元大钞，豪气冲天地喊道："这些钱都归你，今晚你哪儿也不用去了，就在这里陪我的朋友们喝酒。"

"谢谢！可是我不能喝酒。"在灯红酒绿的都市里，她一直坚守着自己的底线。

“不能喝酒，就帮我们倒酒，看着我们喝。”富商肥胖的身躯扭动着，脸上有一丝不爽。

酒吧老板一看这边气氛有些僵，忙过来打圆场，将她挽留下来。她也知道面前的每一个人都是自己不能得罪的，她只得坐下来，给在座的一一斟上酒。

起初，他们几个人喝得很文雅，跟她聊得也比较轻松，待两瓶红酒过后，富商的一位朋友便借着酒劲儿，开始用语言骚扰她，进而手上有些放肆了。她隐忍着一再躲让，加上围观者嘻嘻哈哈的笑声，反让那家伙得寸进尺了。她挣扎着想拿开自己大腿上的那只咸猪手，未能成功，再也忍不住了，抓起一杯酒，猛地泼了那家伙一脸，怒目相向，起身要走。

这时，那位富商挡住了她的退路：“小姐，你要向这位先生道歉，然后才能走。”

“是他应该向我道歉，而不是我向他道歉。”她回敬道。

“你装什么装？一个唱歌的小姐，有什么资格跟我讨价还价？”

“你说错了，唱歌的也有尊严，也需要被尊重。”激烈的争吵声引来隔壁的他。

“小子，你想英雄救美啊，我今天就给你一个机会。”说着，富商抄起一个酒瓶子向他砸去。

他用手臂一挡，酒瓶碎了，殷红的血流了出来，他仿佛没看到一样，一把将她拉出来。

打车将她送回住处后，他才匆匆赶往医院包扎了一下。

当医生小心翼翼地清理出扎进他手臂里的碎玻璃碴儿时，他疼得额头的汗珠直往下滚落。

周末，她打电话约他出来吃饭，当面向他致谢，他轻描淡写道：“不过是举手之劳的小事，你不必在意的。”

“怎么是小事呢？你看，都留下疤痕了。”她心疼地指着他手臂上的伤痕。

“没关系的，我不喜欢穿短袖衫，很少有人看到的，即使看到了也没关系。”他赶紧转了一个话题，叮嘱她一个女孩子在城市的夜间工作，一定要特别地注意安全。

她感动地点点头，想起了在乡下种地的哥哥对自己的那份呵护，就是眼前这样的。

不满二十岁，她就背着一把吉他开始在举目无亲的大都市里闯荡了，虽说如今依旧艰辛，但至少衣食无忧了，还可以给家里寄钱。听了她的故事，他的眼睛里充满了佩服，为她的勇敢、坚忍和勤勉。

再后来，他特意去听了一次她的演唱，给她献了一束鲜花。她激动得当众与他相拥，并由此开始了他们幸福的爱情之旅。

那是简单而浪漫的日子，他买了一台漂亮的摩托车，每个晚上他都会跨上气派的红色“坐骑”，接送她奔走在不同的演出地点。而她则一脸幸福地揽着他的腰，被清凉的夜风撩起的秀发就像飘荡的乐符。穿行在来来往往的车流和人流中，她骄傲地向人们展示着自己的快乐。

被爱包围的他们也曾一同心潮澎湃地描绘过将来的情形，

他们彼此鼓励着先好好地经营自己，积攒更多的资本，然后再去买房子、买车子，他们相信成功人士所拥有的很多东西，他们也一定会有的，只是时间早晚的区别而已。

那时，她以为他是上帝派来爱自己的，即使再苦再累，一见到他的笑容，便立刻觉得神清气爽了。而他，亦觉得是命运的垂青，要让他与她在尘世间结一段神仙眷侣般美好的姻缘。

如花的日子翩翩流转，谁也不曾想到，就在他们心中那些缤纷的夙愿慢慢走近现实的时候，他们的爱情却亮起了红灯。先是公司老总的女儿对他发起了死缠烂磨的进攻，让他一退再退，后是她遇到了一位可以让她迅速蹿红的文化公司老板，她几经踌躇，还是抵抗不了眼前的诱惑，举手投降。

说不上是谁背叛了谁，当心中的爱渐渐地变淡时，他和她有惶恐，有愧疚，也有些释然。

当一曲《离歌》唱响的时候，他和她毅然地转身，但彼此的眼睛都湿润了，毕竟有那么多相爱的情景，定格在彼此生命中最美好的那个段落里了。

后来，他娶了老总的千金，升迁的快速一如人们所想的那样，短短几年间他变成了昔日同窗羡慕不已的成功人士。

而她，付出了一个女子最宝贵的一切，却没能如愿地红起来，甚至渐渐地淡出了人们的视线，直至最后悲怆地离开了那座给了她爱与恨的城市。

那天，当她向笔者讲述自己的故事后，我问她："是否为离开他后悔过？"

她轻轻地啜了一口咖啡，一脸洞悉世事的淡然："没有后悔，因为有些爱是无须坚持到底的。"

"可是，你们那时是真的深深地爱过啊。"我有一点儿惊愕。

"那是曾经，就像我们彼此的转身，也一样都曾经理由充足。"她没有一丝的抱怨。

"若是把爱情进行到底会怎样？"我抛出了一个假设。

"不知道，也可能美丽如花，也可能伤痕累累。"她清醒得像一位历经沧桑的老人。

我还是更喜欢"执子之手，与子偕老"的爱情，对于那些不管什么原因而中途夭折的爱情，总是感觉有些许的遗憾。对此，她却直言不讳——无法进行到底的爱情，归根结底，还是爱得不够多，爱得不够深，经不起种种诱惑……但是，那也是爱，很真，也很美，无须伤感，更不该过多指责。

她的这番感慨，让我陷入了沉思——是啊，为什么不能坦然地面对爱的悲欢离合呢？当爱走近时好好地珍惜，当爱走远的时候平静地注视。要知道，无法进行到底的爱，也曾是枝头绚丽无比的花朵，也曾在风雨中骄傲地摇曳，就像那些远离了大山的怀抱，最后流进了大海的小溪，只要爱的身影仍在大地上行走就足够了。

第八辑

不负流年，不失美好

不在炫目的诱惑中失去自我，不盲目地随波逐流，知道自己内心里真正想要的是什么，知道唯有先做更好的自己，才配得上拥有更好的一切。不草莽，不自怜，不自负，只是和喜欢的人一起，心平气和地做自己喜欢的事，过自己热爱的生活。

哪一杯酒，让你不饮亦醉

认识他是在朋友组织的一个饭局上。她迟到了十分钟，因为胃有点儿不舒服，她先顺路去药店买了一瓶胃舒宁。

一进门，她便感觉居于主位的那位中年人有些老谋深算。果然，她刚一落座，那位张处长便提议她自罚一杯酒。她解释自己身体不适，朋友忙起身代她喝了一杯。但只过了几分钟，那位张处长又举杯，要她干了一杯白酒。她拿出药瓶，也不被放过。朋友也有些爱莫能助了，大家一起望着她，酒桌上的气氛立刻尴尬、紧张起来。

这时，他起身端起她的酒杯，一咬牙，将满杯的酒一饮而尽，呛与辣让他立刻涕泪横流。那位张处长对他的“英雄救美”很是恼火，非要逼着他再喝两杯，理由是他刚刚说过自己是滴酒不沾的。他涨红着脸，一再解释自己的确是酒精过敏，说着撸起袖子，大家都看到了他红斑点点的胳膊。然而，那位张处长仍对他不依不饶，任谁求情也不行。

好脾气的她也恼了，拉起他便往外走。刚一出门，他便吐得一塌糊涂。

打车将他送到住处，看着他那痛苦的样子，她心疼地拍着他的后背，让他使劲地往外吐，直到他吐到瘫软，连递到手里的红糖水都端不住了。

她问他："既然不能喝，为什么还要逞能？"

他轻轻地说了一句："当时，我只是不想让你难受。"

她的心不禁一颤——彼此只是初相识，尚不了解，他便不顾众人的嘲笑，拼了命也要替她喝下那杯烈酒，真是一个仗义的好男人。

接下来的情节，就像许多童话故事一样，他们先是恋爱了，然后走进了婚姻的殿堂，从此过上了幸福的生活。

然而，未能免俗地，他和她的幸福婚姻刚过了"七年之痒"便宣告结束了。说不出从什么时候开始，两个人的感情便一天天地淡了，努力地弥补也无济于事。最后，只好一个向东，一个向西。

平静地分割了财产，去民政局办完了必要的手续，已是暮色时分。路过一家西餐厅，他提议再共进一次晚餐。她默许了，两个人一前一后走进去。

他点了她平时最喜欢吃的罐装烤肉和法式牛排。精致的菜肴端上来了，她却突然没有了一丝的食欲，只想喝一杯红酒。

她苦笑着问他是否也来一杯，他立刻摇头：“我有点儿头疼，不想喝。”

她突然想逗他一下，有点儿撒娇地盯着他：“难道要看着我一个人喝，你不能陪我喝最后一杯？”

他有些愧疚地低头：“我知道你心情不好，还是不要喝了吧。”

她狡辩道：“我心静如水，无所谓好与坏。”

说着说着，她心里尚存的那丝丝缕缕的牵绊突然间就挣断了，像一根绷断的琴弦，她分明听到了心底的那一声脆响。她慢慢地端详那杯红酒，像端详一段起伏的人生。

走在灯火阑珊的长街，清凉的夏风撩起她的秀发，她猛然想起一首题为《这一杯》的诗：“这与秋风一道畅饮的一杯，这与落叶一同绚美的一杯，这与清愁一刀两断的一杯，这与无悔一生追随的一杯……我虔诚地双手举起，举到渴望燃烧的唇边，一滴未沾我就已经沉醉。”原来，一杯酒，可以浓了一片爱，也可以醉了一段爱，还可以忘了一份爱……在每一杯酒里，都可能藏着许多爱的苦辣酸甜。

那就是真的爱了，我那般奋不顾身，为你拼一醉，大口地灌下辛辣的烈酒，多么柔弱的一个小女子，也会陡然刚烈得令五尺男人敬畏三分。同样，若是爱走远了，怎样妖娆的月色，也没了欣赏的兴致；任是多么浓香的花雕，无论怎样地细品慢酌，也只是淡而无味的一口白水。

酒有浓淡，爱情亦然。

曾经爱得那般一往情深、荡气回肠，可随着时光的流转，那爱已模糊了形容，暗淡无光了，正如那瓶拔了木塞的红酒，没过多久就再也不堪啜饮了。

如果过了很久很久，那爱仍在，且日久弥坚，一如陈年的那坛老酒，越发甘洌、醇厚。

那无疑是深爱了。

无论是浅斟慢酌，还是畅快豪饮，我都喜欢那些如酒的爱情，可以热烈，可以绵长，可以迷醉，可以回味……可以独自举杯，一个人地老天荒；也可以两个人四目相对，邀来清风明月，与无边的幸福时光酣畅对饮。一杯，一杯，且歌，且醉。

看得明白，活得优雅

荒凉的边陲小镇，他们近乎寒碜的小屋在荒草丛生中艰难地长出。

那时的他血气方刚，刚上班不久，便直言不讳地批评了单位领导，结果被领导打发到僻远荒凉的建设工地，并且美其名曰——让年轻人到基层多磨炼一下，对他的成长有好处。

他倒是不畏惧艰苦，只是不忍看到从小在城市里长大的她跟着他遭罪。她却满脸轻松地微笑着说："跟着自己心爱的人在一起，哪里还有苦呢？"

她辞了小学教师的工作，随他来到电厂建设工地。她一时无法找到一份工作，他的工资又很低，她只能精打细算，节省每一笔开支。

早春时节，她看到一群农民在远处开垦荒地，种庄稼和蔬菜。她也找来了农具，在自家的房前屋后忙碌起来。冷冽的风吹裂了她的脸颊，手上的血泡磨破了，一握铁锹，疼得她直咬牙。

他下班回来，抚摸着她缠了纱布的手，心疼地责怪她："谁让你干那些粗活了？你那是握笔的手、绣花的手，怎么能……"

"我这是在向古人学习，正在大地上书写，在大地上编织梦幻的织锦啊。"她满怀憧憬地说道。

"你总是有道理。不过以后那些舞锹弄镐的重活，可不允许你干了，要不然我都不敢跟你回去见你父母了。"

接下来的一段日子里，他起早贪黑，把那些最重的体力活儿全包了，她则在他身旁干一些琐碎的小活儿。早晨，露水打湿了裤脚；中午，太阳晒得后背起白皮；晚上，蚊子把胳膊咬出了血包。他和她却依然有说有笑地忙忙碌碌。一畦一畦的耕地，回报了他们辛勤的汗水。他们种下了玉米、大豆，也种下了黄瓜、豆角、茄子、辣椒、萝卜、西红柿……然后是除草、施肥、捉虫。看着赤橙黄绿青蓝紫的果实，在房前屋后尽情地展示，他们像挖到了金子一样兴奋。

有星星的夜晚，他们会牵手走过那些散发着花香的小径，遥望浩瀚的银河，他们骄傲地说自己是降落人间的神仙眷侣。

特别喜欢菊花的他弄来一大包花籽，在屋前播撒了一圈。秋天来了，那些粉色的、紫色的、白色的菊花，绽成了一道漂亮的花篱笆，悦目，赏心。

白露为霜时，她采摘了一些形状完美、颜色浓重的菊花，将其晾晒干制成菊花茶，装到原来放饼干的空罐子里。每天，他和她都要美美地喝上一杯又一杯。尤其是飘雪的冬日，他周末休息了，两个人便坐在生了炉火的小屋里，望一眼窗外银白色的世界，再望一眼在水杯中慢慢浮动的一朵朵菊花，似乎有一缕缕的暗香在飘动，那份静谧，那份温馨，如此美好。

轻轻地啜饮着菊花茶，仿佛在啜饮着一种诗情画意。他和她的眼睛里都溢满了纯真的快乐，一如北方那些如期而至的雪花，那样轻，又那样重。

菊花年年绽开，菊花茶年年馨香飘溢。他们的爱情小屋成了那个电厂建设工地附近最让人羡慕的幸福居所。

后来，他们回到了城市，搬进了电梯直达的高层豪宅，屋里摆放了许多名贵的花草。她起初想过要养一盆菊花，他说那样看着太不协调了。她想想也有道理，便不再坚持。

他进入了那家电厂的高级管理层，她也去了一个十分忙碌的文化部门。现代化的都市生活中，脚步似乎总是那样匆匆忙忙，像许多被格式化的都市人一样，他和她被许多诱惑和攀比裹挟着，并且不停地追逐着。车换了高档的，在沿海投资了房子，股票市场有了牵挂，应酬越来越多，知心的朋友却越来越少……

他的腰围变得越来越大，再精美的菜肴也难以激起他的食欲。他回家吃晚餐的次数越来越少，她也变得特别忙碌，去健身房的时间都抽不出来了。两个人常常都是一身疲惫地回到家里，很少一起坐下来好好地聊聊天，有时甚至好几天都说不上几句话。家，更像一个旅馆了。而这些，他和她似乎已经快习惯了，习惯了让钟点工来收拾屋子，习惯了打电话叫来一份快餐，习惯了慵懒地翻看报纸上的各类八卦新闻……虽然，他依然爱着她，她也依然爱着他，但彼此好像已经不再需要那些“你耕田来我织布”的默契相伴，不再需要卿卿我我的缠绵，不再需要一路数着星星回忆烂漫的少年时光……就像被遗忘在荒野中的那些菊花，它们依然美丽，但似乎已与他们无关。

那天，她去医院看望一位患了癌症的同事。三十八岁的处长，曾那样风光无限地被许多羡慕的目光簇拥，此刻却只能无奈地看着死神的脸色。

“多么漂亮的菊花！”处长望着窗台上一束开得正盛的菊花，满眼的迷恋，叫人忍不住要落泪。

就在那一刻，她的心被猛地扯了一下——是啊，多美的菊花啊，何时已经从自己的生活中消失了呢？

站在熙熙攘攘的大街上，她给他打电话，让他马上买一包菊花茶回家。

他在电话那端惊讶地问：“家里什么名贵的茶都有，为何偏偏要买菊花茶？”

她一字一顿地说道：“普洱、大红袍、龙井、碧螺春……这些我们都有，可是我们现在没有菊花茶了。”

他一怔，恍然明了她的心。于是，他借故推掉了身边的酒局，匆匆去了茶庄，又急忙赶回家。

她正扎着围裙在厨房里忙碌，餐桌上是久违的几样小菜：青椒土豆丝、糖醋萝卜皮、肉末芸豆……他过去帮她剥蒜、切葱花，一如当年在荒野的小屋里，细细品味相依相伴的清苦与富足。

那一顿饭，他们吃得很慢很慢，吃得两个人都心意缤纷。

菊花茶泡好了，那些曾在枝头芬芳的花朵，如今又在热水中一一美丽地绽开。两个人都没有说话，只是静静地望着那些浮浮沉沉的花朵，像是望着无法言说的滚滚红尘。原来，那些菊花是有灵魂的，它们也看到了两颗从迷茫中归来的心，看到了一度走失的渴望与热忱。

那一夜，菊花香如故。他们做了相似的梦，里面有弯弯的月亮，有袅袅的炊烟，有高高低低的庄稼，有蛙声响亮的小院，还有那些朴素而清丽的菊花……而摇曳在其中的，是爱，他与她曾经的、现在的以及未来的。

低下头，看到爱

她大学读的是工科，学院里女生少得可怜，一个个被男生宠爱得心高气盛。

她曾读到这样的话：无论是在爱情里还是婚姻里，都不要轻易地低头，低下了头，就等于是承认自己输了，就是把主动权拱手让出了。

她将这段话讲给同寝室的姐妹们听，竟得到了不少附和。由此，她便在爱情和婚姻中时时高昂起头，即使自己有了过错，也要强词夺理，不肯低头。

好在她遇到了特别爱自己的他，他容忍了她的小姐脾气，事事、处处谦让她，有时明明是她的错，他也不跟她争辩，还要努力找出自己的不是，帮她找就势下坡的台阶，以满足她小小的虚荣心。一次又一次，他无可挑剔的好脾气令她感受到了他的宠爱。

步入婚姻殿堂后，她依旧从不肯认输，有时明摆着是她的过错，她仍要大着嗓门无理取闹，直到他先举手投降，她才会偃旗息鼓。静下心来，她也暗自检讨自己的蛮横，觉得自己确有些过分了，也会换种方式弥补一下，让他感觉自己不过是一个任性的小女孩，心里其实是很爱他的。

可是，他纵然再有气度，也禁不住她得寸进尺的“霸道”。终于，她因为不听劝阻，令他们辛苦积攒下来的积蓄在股票市场损失惨重。那天，他本来只是委婉地劝了她两句，让她以后投资要慎重，正陷入懊恼之中的她反而不讲道理地埋怨他以前总反对她炒股，以至于错过了好时机。他没再沉默或自责，而是争辩了几句，两个人便爆发了婚后第一次激烈的争吵。

她一摔门，扔下在身后大声喊她别走的他，去找同窗好友苏珊。

一路上，他打了好几次电话，她赌气地不接，随后是他的短信，告诉她：别只顾着生气，要想着吃饭，你的胃不大好，想着买一盒八宝粥；钱损失了可以再赚，若是弄坏了身体，就得不偿失了。

虽说他没有像往日那样立刻向他低头认输，可他还惦记着她的胃，惦记着她的身体，她的心被温暖了，这让她有了一丝愧疚。

苏珊一开门便打趣她：“骄傲的公主，快先吃饭吧，等会儿再跟我倾诉你的委屈。”

“你怎么知道我还没吃饭？”她惊讶地看到了餐桌上的八宝粥、黑麦面包和韩国泡菜，全是自己喜欢吃的。

“除了宠爱你的先生，还会有谁？”苏珊曾不止一次夸奖她嫁得好。

“他还跟你说了些什么？”她故作生气，内心却先软了下来。

“他还说让我好好劝劝你，别真的生气，别伤了身体。”

“早知道这样，他就该先低头，承认他的不是。”她马上又来了犟脾气。

“呵呵，真的该批评批评他，这么多年来一直宠着你，把你惯出了在家里从不低头的坏毛病。”苏珊委婉地批评她。

“你家先生不也宠着你吗？你还跟我说过，你家先生最喜欢的就是低下头来跟你说话。”她曾经打趣，个头不到一米六的苏珊嫁给了一米八的先生，以后想不仰头都难了。

“你知道吗，两个人在一起过日子，他低下头来，我们就一样高了，他看到了我眼里的爱，我也看到了他眼里的爱。如果两个人都仰起头，还会看到什么？”苏珊眼里流露着温柔。

“可是低下头来，不就是认输了吗？”她犹有不甘。

“如果是输给爱情，低下头又何妨？他向你一再低头，还不都是因为爱你吗？”

苏珊的话响鼓一样敲醒了她：原来，在两个人的爱情里面，有些心甘情愿的低头，不是因为谁对谁错，而是因为那一腔的真爱。他一直宽厚地容忍自己的任性，不多争辩地向她一再低头，只因他爱得太深。

那一刻，她再也不想拖延了，她要立刻赶回家，温柔地站到他面前，低下头来，诚恳地向他道一声 ："亲爱的，对不起，我错了。"

是的，就在她低下头时，她惊喜地看到了爱，看到了洋溢在生活里的那些挚爱真情。

一手玫瑰，一手柴米油盐

那天是情人节，大街上的节日气氛正浓，已是不惑之年的他也受了感染，破天荒地想要浪漫一回——给相敬如宾了四十年的老伴买一束玫瑰。花店的女老板得知他是第一次给爱人送花，热情地帮他选了一束最大、最鲜艳的玫瑰，还细心地替他剪去上面那些扎手的小刺。

白发飘飘的他手捧玫瑰，穿行在人群熙攘的大街上，引来许多惊奇的目光。起初他还真有几许羞涩，有人得知他是给妻子买的玫瑰后，便纷纷夸奖他心态年轻，跟上了时尚，懂得生活情调。那语气、那眼神里，满是赞赏和羡慕，反让他不禁有些欣欣然了。

走到自家楼前，几位同龄人撞见了笑容满面的他，更是啧啧地称赞他不愧是有文化的人，连洋节都过得这么有情致。

听到那么多的赞美之词，一缕愧疚涌至心头——看来这束玫瑰买得太迟了，这么多年来，老伴已跟他念叨过无数遍了，让他也学学别的男人，逢年过节时给她买点儿小礼物。每每这时，他总是书呆子气十足地说："我把钱全交给你了，你喜欢啥就自己买啥呗，你知道我又不会买东西。"

当然，他们年轻时的日子确实窘迫得很，可后来生活条件好了，从来就不喜欢逛街的他还是没学会给老伴买节日礼物，更不要说给她过情人节了。

这一天，他那束鲜艳欲滴的玫瑰真的给老伴带来了一份天大的惊喜。老伴把玫瑰捧在怀里，面颊贴在上面，陶醉似的尽情地闻着，偶尔嗔怪他一句，让两个人情不自禁地仿佛又回到了初恋时节。

老伴找出家里最漂亮的一个花瓶，灌了一些清水，悉心地把玫瑰一枝枝地插好，小心翼翼地放到床头，又意犹未尽地端详起来。

瞧着母亲那由衷的喜悦和那份认真的神态，从上高中起案头的玫瑰就从未间断过的女儿，在那一瞬间有些感动了——自己曾收到了那么多的玫瑰，竟没有一束让她像母亲这样深情地凝注过。

母亲带着一脸的幸福走下楼去，喜滋滋地跟左邻右舍分享自己的喜悦："我还以为我那老头子啃了一辈子书本都啃呆了，谁知老了老了倒学会浪漫了，想起给我买玫瑰了。"

夜深人静时，母亲再也无法安眠，她轻轻地爬起来，望着黑暗中的玫瑰，嗅着那淡淡的花香，夫妻恩爱四十年的情景一幕幕地闪现在眼前——她想起他那个贫穷的大家庭，老的老、弱的弱，她一嫁过去就起早贪黑地没闲着；想起当年他因出身不好被发配到偏远的山村放牛，她挺着大肚子跟他住在那阴冷潮湿的茅草屋里，一住就是七八年；想起为了他第一本书能出版，她毅然典当了祖母留给她的一对祖传的翡翠镯子；想起了跟着他回城后租住在那个十多平方米的小屋里，拉扯着两个孩子缝缝补补的日子……真是的，自从嫁给他以后，无论生活多么艰难，她都没抱怨过什么，而是跟着他一心一意地把生活经营得有声有色。因她辛勤的操持，她成了公婆眼中最贤惠的儿媳，成了儿女心中最敬佩的母亲。

是的，她昔日美丽的容颜已被日复一日的柴米油盐无声地改变，满脸的皱纹中藏满了生活的苦辣酸甜，可她对自己这一生却相当满意，因为无论日子艰难还是顺畅，两个人始终恩爱有加。如果说还有什么遗憾的话，那就是这一束玫瑰来得迟了一点儿，因为她也和很多女人一样，喜欢生活里多一点儿浪漫的情节，而粗心的他在那些年里终日忙忙碌碌，竟没大在意，如今两个人都清闲了，可惜已青春不再。

但不管怎样，他这一束特别的玫瑰还是给她带来了舒心的慰藉——虽然他不懂得浪漫，可他那颗挚爱之心，她却是时时感受得到的，即使没有这一束玫瑰，她也不会后悔今生选择了他。

几天后，玫瑰还是枯萎了，可她仍舍不得扔掉。他有些感动地说：“你喜欢，我以后可以再给你买。”她眼里掠过一缕怅然，摇头说道：“可惜我不再年轻了，如果能再从头过一回，我非让你年年都送我玫瑰，送我多多的惊喜……”

女儿听了父母的对话，先是感慨于母亲的情怀依旧，进而思忖——现在的年轻人，手上的玫瑰是不是太多了，究竟有多少代表着分量沉重的感情呢？多少人昨天刚送过爱情玫瑰，今天就成了陌路人。当然，父辈厚重的爱情也未免单调了一些，尤其是对于母亲这样天生渴望浪漫的女人，这一束迟到的玫瑰未免有几许苦涩的喜悦。也许，真的应该像一位作家说的那样：在一个女人的婚姻里，应该是一手拿着玫瑰，一手拿着柴米油盐，这样她的爱情才是完美无缺的。

你要的幸福，无须一纸婚书拴住

那就是爱了，只那么惊鸿般的一瞥，便注定了这一生一世的相依相守。

彼时，她刚刚结束了一场不堪回首的婚姻，带着两岁的儿子和一身爱的伤痕，在那个大都市里为生活而艰辛地打拼着。而他刚刚从美国留学归来，受聘于一所著名的大学，正是众人艳羡的青年才俊，许多美女在向他暗送秋波，主动帮他牵红线的媒人也是一个接一个，他却总是以“工作太忙，以后再说”为托词，谢绝所有的热情关心和关注。

那个初冬的早晨，他在晨练归来的路上看到了她那热气缭绕的馄饨摊，待走近了，他的心怦然一动：很奇怪，自己在哪里似曾见过她。努力地回想，却怎么也想不起来。虽然她戴着口罩，但她那浅浅的微笑仍有着纤尘不染的美。

再见到她时，他一边慢慢品尝着那碗香气四溢的馄饨，一边与她闲聊起来。

两个月后，他对她已有了很多了解。那天，在她收摊时，他走到她面前站定，目光直直地盯着她的眼睛，很认真地对她说："我爱上你了，我愿意给你时间等你了解一下我，然后再决定是否爱我，但我特别希望你也会爱上我。"

"谢谢你，我们不合适，还是不要耽搁你宝贵的时间了。"她直截了当地拒绝，因为那爱的阴影尚未从她心头移开。

"我能够理解你的心思，但我是认真的，你还是考虑考虑，我求你。"他一脸的真诚。

"你那么优秀，我配不上，我和你之间是不可能的。"她看到了他清澈的眸子里盈着真诚，如果是在自己生命最美好的时光遇见他，听到他那样的表白，她想自己一定会被感动的，而现在，她只会选择拒绝。

"我相信我们是最合适的，时间和事实将证明。"他异常坚定地告诉她。

接下来，他便开始了锲而不舍的爱情追求之旅，她一而再，再而三的拒绝非但没浇灭他心头熊熊的爱情之火，反让他爱得更坚定、更热烈。得知他爱上了她，许多人大跌眼镜，都困惑不解地问他为什么对那么多优秀的女子视而不见，却对她这个带着孩子的离异女人情有独钟。他郑重地告诉人们："理由只有一个，她是我今生的唯一。"

"她是我今生的唯一"，当她听到他这句掷地有声的爱情告白时，眼泪再也忍不住了。其实，她多么想大声地告诉他："你也是我今生的唯一。”但是，他那么优秀，而自己那么卑微，卑微得快要低到尘埃里了。她甚至搬了家，避开了他。而当他满脸憔悴地站到她面前时，她又心疼了。

她感动地说：“你真傻，为什么非要爱一个根本不值得你爱的人？”

他说：“我一点儿都不傻，我遇见了爱就不能错过，若是错过了，我会一生后悔的。”

他依然那么痴痴地爱着她，一天又一天，一个月又一个月，他心甘情愿地被感动自己的爱打败。

终于，她被他的执着深深打动了。在那个桃花盛开的四月，两个人幸福地相拥而泣。

一场盛大的结婚庆典结束了。在充满温馨的小屋里，他与她相对而坐，他幸福地望着她，眼底绽开一朵一朵的花，鲜艳欲滴。她也幸福地望着他，眸子里闪动着露珠般的晶莹，口中喃喃而语：“这是真的，真的，不是在梦中，不是在梦中。”

“是的，不是在梦中，我们在用爱演绎着真实。”他握住了她的手。

洞房花烛夜，她拿过那张鲜红的结婚证书，轻轻地抚摸着。他却把证书拿过来，只那么淡淡地扫了一眼便用手将它撕碎了。

她惊愕地看着他扔掉那些碎屑，不知自己究竟做错了什么。

他笑着将她一下子拥到怀中，紧紧地让她贴着他的胸口，平静而坚定地告诉她：“亲爱的，结婚证只有离婚的时候才有用，我保证今生它都不会派上用场了。”

只此一语，便让她的心猛地一震：“我也相信，它再也用不上了。”那一刻，她感觉自己是这个世界上最幸福的女人，她听到了一句最朴素也最深沉的爱的誓言。

撕碎了那一纸婚书，他便把一句爱的承诺留给了一生的美好岁月。

此后的日子里，他和她恩恩爱爱，向世人呈现了一份令人羡慕不已的爱情。无论是成为名教授还是有了显赫的官位，他始终爱她如初，会牵着她的手逛街，会和她一起去摆摊，会一脸骄傲地向人们介绍她是他好不容易才追到的最好的爱人。而她，也从没有像某些女人那样担心和猜疑自己的丈夫，因为在他撕碎了结婚证的那一刻，她便再也没有对自己的婚姻产生过质疑。

二十年的烟尘岁月增长了年轮，也令他们的爱情更加醇厚，如窖藏的老酒。

当闺中密友听说她居然撕掉了结婚证时，有些担心地问她：“有朝一日当你美丽不再时，你该用什么拴住他？”

她淡定地笑道：“那你认为一张结婚证书就能够拴住爱情吗？”

女友哑然：是啊，有多少男人在灯红酒绿的诱惑中迷失，早就抛却当初那些信誓旦旦的爱的表白；有多少女人怀揣着结婚证书，也只不过是守着冷清的空房，守着一份清汤挂面般半死不活的婚姻。既然那么多的爱都可以走远，甚至可能由爱转恨，那一纸薄薄的婚书，又能拴住什么？

还是她说得好——比结婚证书更重要的，是两颗忠贞不变的心不断地书写爱的浪漫与现实。

每一份爱情都有保质期

她出身名门，是著名高校里的校花，学业优秀得令人嫉妒，偏偏又天生丽质，校内校外，无论走到哪里，都是惹人驻足的一道风景。

很自然地，追求她的优秀男子不计其数，然而叫许多人大跌眼镜的是，面对众多蜂拥而来的高富帅，她居然芳心丝毫不动，却不可思议地喜欢上了一个其貌不扬的写歌的人，只因他专门为她写了一首歌《你是我云端的如花美眷》，取意“美人如花隔云端”。

我曾听过那首赢得美人归的情歌。坦率地说，词曲写得实在很一般，有一点儿风格杂糅的味道，说不出有什么特别出彩的东西，倒是音乐录制中的配器有叫人称道的地方。可是，她却一下子不可救药地喜欢上了，由歌而人，一发不可收拾地爱上了。

起初，他真有种癞蛤蟆吃到了天鹅肉的受宠若惊，一次次偷掐大腿暗问自己：这是真的么，怎么会被美女选中，难道是因为上苍特别垂青？

我也曾不解地问她："是不是爱情童话读多了？是不是少女的浪漫梦还没有醒来？"

她一脸淡然："我也说不上来为什么，反正第一眼见到他，就有感觉，等听了他写的歌，那感觉立刻强烈起来了。"

"就这么简单？"我惊讶她这个学工科的研究生，居然如此信赖爱的感觉。

"难道还要多么复杂吗？"她一脸的纯真，倒反衬出我一览无余的世俗。

我知道，爱情不是复杂的几何证明题，不必非得具备相貌、学历、家境、职业、财富等条件。有时，刹那间的心动就可以让我们忽略许多"重要"的东西，满心里只有眼前的这个人，他的一举手一投足都能让自己心生欢喜，愿意绽放呵护了那么久的爱之花，只为今生幸福的遇见。

父母视她为掌上明珠，虽然对她的这个选择很失望，但只要女儿高兴，也就不过多地反对了，反正家里也不缺钱。很快，父母出资在上海市区中心为他们买了别墅，买了奔驰车，还置办了丰厚的嫁妆。

他这个只有一点儿小才气的穷光蛋一下子变成了土豪。在众多男人的羡慕嫉妒中，他和她在教堂里举行了一场中西合璧的盛大婚典，借她父母的声望还邀来了许多各界名流。

就像老套的电视剧情节，后来她和他还是离了婚。突然掉进幸福窝里的他有些得意忘形了，放下自己爱好的音乐，迷恋上了炒股、炒黄金、炒比特币……似乎那些跌宕起伏的数字要比那些跳动的音符更有吸引力。结果，他偶有小小的斩获后，却是一输再输，输得一塌糊涂，惨不忍睹。

她好言劝他赶紧收手，他却像输红了眼的赌徒，一门心思要往回捞，根本听不进她的建议。直到那天他被债主雇来的几个人围堵到一间屋子里，吓得尿了裤子。她赶过去，放下一张信用卡才把事情摆平。

他收敛了一段日子后，又旧病复发，而且还变本加厉了，竟然为了一个靠身体吃饭的中年女子劈腿，被她逮了一个正着。

后来，她嫁给了一个因车祸丧妻的年轻教授，但没有过上两年，又再次离异。

再后来，她被热情的人拉着一次次地相亲，不咸不淡地恋爱了好几场，却一直没能找到理想的归宿。

她有那么好的条件，竟不能拥有一份渴望的爱情，真是没有天理了。她的闺密道出了同样的惋惜和不解。

她却一脸看得开的淡定：“或许是缘分太浅吧。”

那日，在电视上看到已是公司高管的她身姿绰约，穿着一件华伦天奴的杏色呢装，面对记者侃侃而谈，那内外兼修的魅力仍是那样让人无可抗拒。

很偶然的一天，在朋友张罗的一次聚会上碰见她，怕碰痛她，本想着只聊闲话，不说感情的事儿，没想到她却主动说起曾经受伤的爱情。她说，那样天真烂漫的梦，可能每个少女都曾有过，只是她奋不顾身地付诸了行动，轰轰烈烈地投入了一回，就像扑火的飞蛾，被灼伤了翅膀后，变得更小心翼翼了，顾及的东西更多了，想得更实际一些了，感情自然也就随之淡了许多，有时甚至觉得有些婚姻，不过是两个谈得来的人凑在一起过日子，一起抵抗孤独，有没有爱情都无所谓了……

“这是你发自内心的爱情感悟？”我望着那张多了一份成熟的漂亮的脸蛋，很想知道这是不是她的心里话。

“是啊，不过我现在已经习惯了对着很多好男人挑挑拣拣的生活了。”她灿烂的笑容里透着叫人羡慕不已的自信。

“但愿你能遇到自己向往的真爱。”从她的眼睛里，我似乎看到了自己曾经的影子。

“我只管寻找，不负责一定成功。”她的洒脱赢得了到场的全体朋友的掌声。

“真不愧为响当当的女汉子！”我举起大杯的啤酒，向她致以由衷的敬佩。

我一下子想起了那个陪我走过大学时光的女孩，想起了那些欢声笑语的日子，那些泪眼婆娑的日子。我知道那些过往的岁月里，藏着我的爱，点点滴滴都是那么的真，还带着一些可爱的傻。

在最凡俗的尘世里，我看到很多的爱情一点儿也不文艺，而是闲适得有点儿懒散，那云淡风轻的样子离青春时光里的梦，的确有着很大的距离。

爱情确实曾经来过，很短暂，就像有些人，仿若一阵突如其来的风，走进自己的生活，又匆匆地离开，我们谁都无法挽留，也无须抱怨，因为那都是命运的安排。

其实，每一份爱情都有一定的保质期，过期，便会纷纷坠落，如梦。

翻版的爱情也幸福

恋爱时，他渴望能发生一大串浪漫的故事；刚成家时，他又常常幻想着能够让自己的小家庭时时充盈着温馨。然而，因性格、生活习惯等诸种原因，不仅美好的愿望一再落空，还无端地生出不少烦恼。回忆起恋爱经历，是那样平淡无奇；再看看婚姻，整日地面对油盐酱醋一地鸡毛般的琐事儿。心情不好时，他跟妻子脸红脖子粗地争吵，弄得身心俱疲；心情黯然时，两个人便都有了一种误入围城的感觉。

然而，随便地拿起一本杂志，却总能碰到那么多让人羡慕不已的幸福的爱情故事。几番慨叹之后，他心犹不甘地跟妻子商量："何不也学学人家，没有浪漫，就制造点儿浪漫，没有温馨，就创造点儿温馨，把咱们的爱情建设也搞上去。"

妻子不屑地说道："那是别人的爱情，怎么学习？"

他说："既然人家是爱情模范，人家的成功经验总可以学习学习吧？那些爱情故事里的不少做法，咱们不妨也试一试。"

听他这样一说，妻子也有一丝心动，但仍存疑虑："怕是照葫芦画瓢，学不到真谛吧？真正幸福的爱情恐怕是学不来的。"

他热情地坚持着："爱情也有技巧，只要学，肯定会有收获的。"

妻子便不再争执，说："那就试试吧，看看我们翻版别人爱情的技术如何。"

说干就干，他开始翻书阅报，找来一大堆可供借鉴的幸福爱情的范例，一一地认真阅读，细细揣摩，从中挑些可以模仿借鉴的。

看他书生气十足的举动，妻子忍俊不禁："看你那份认真劲儿，像还要恋爱一回似的。"

于是，他小学生似的地对照着模范丈夫的表现，规范自己的行为——自己休班时，不再老是悠然地久久地泡在门口的棋摊上，也会让妻子去朋友家聊聊天，自己主动消灭那些攒了两周的脏衣服；也时常照着菜谱，进厨房里弄两道看着很好、实际味道一般的菜肴，作为妻子跟朋友们开心调侃的话题；以前妻子一提让他陪着逛商场，他就头疼，决不答应，现在明白了陪妻子逛街其实也是一门很重要的功课，即使整整一个下午都做她的仆人，他也不说一句抱怨的话，还不忘恰到好处地恭维她有购物的天赋；赶上出差时，肯定要给妻子买一份很特别的礼物，花钱不多，但一定是她喜欢的；在妻子生日那天，想着送她一束玫瑰，请她去一家很有品位的咖啡屋听听音乐……

如此，他从小事做起，认真操练不久，妻子竟大受感动，也不知不觉地跟他默契地配合起来——不再唠叨他不关心、不体贴她了，也不要求他陪她逛商场了，而是让他进书店尽情地看书，然后等她从商店里采购归来，两个人“会师”，看看彼此手中各得所爱，互相打趣他们精神和物质双丰收，亲亲热热地满载而归。

还有，曾经一再表示这辈子不习女红的她，找来了画册，虚心地揣摩上面那些漂亮毛衣的打法，说要打一件款式最时髦的送给他；还有，对他的那些文朋书友再来家里，她也不再皱眉头，不再唠叨他们把屋子弄得一片狼藉，而是笑语盈盈地置酒弄菜，在众人一致的夸奖中，美滋滋地享受一番为人民服务的快乐……

一日，妻子突然惊讶地说道：“啊，咱俩有一年多没吵架了。”

他逗她：“你想吵吗？我陪你好了。”

她笑了：“没想到，咱们的爱情学习，效果还真不错呢。”

他有些得意又带一丝遗憾地总结道：“爱情也有经验可传，婚姻亦有秘诀可寻，只要心存美好，非造作，非虚伪，用心习之，美满的爱情也能移植过来。只是这么简单的事情，以前怎么就没注意呢？”

妻子却是一脸的满足：“现在也不晚啊，不少人还不懂